FLORET READING

【愿望花店】系列 04

珍珠·恋人

山风 著

贵州出版集团
贵州人民出版社

山 风
Shan　Feng

追求真理的小流氓。
梦想是集齐所有的夜晚骑车环游世界,
现实是所有的夜晚都在梦里布置结界。

个人作品:《珍珠恋人》

ZHENZHULIANREN

凉风有信，别辜负

　　写下这个字的时候，起风了。阳台上的衣服迎着黄昏日落飘了起来，像是忽然朝着远方挥了挥手，然后又安静下来。

　　不知道它是不是在告别什么。

　　我特别喜欢秋天的风，走在路上的时候会透过衣服的织缝吹到皮肤上，凉凉痒痒的。趁机深呼一口气，风就能吹进心里，沁人心脾。

　　然后就能想起很久很久以前的事。

　　写在草稿纸上的字，藏在双眼皮里的痣，还有转身借过的直尺。

　　那其实是跨越时光吹来的风，藏在风里似曾相识的味道，是它捎来的被淡忘的过去。

这个故事写得很慢。

感觉故事里的每个人都有自己漫长的一生。可是，写完了才发现，一生很长，但足以在终点为自己所称道的绮丽并不多。

所以很苦恼，这些人不怎么好也不怎么坏的一生，究竟会变成什么样子。

回过神来的时候故事已经讲完了。那串项链估计也会老在岁月里，然后被风一吹就化成粉末。

可是，风还没有停，它会在宇宙之间往往返返，不知疲惫。所以藏在故事里的人也不会消失，他们永远在这里。等起风的时候，风吹起书页，一定会刚好停在万事良方的那一个章节。

因为一直一直会有人把想说的话藏在风里，风吹起来的时候就会有人来听。

所以你听，凉风有信，别辜负。

山风

目录

目录

Episode.1

游园惊梦

"春色如许，不进园林，不遇你。"

01. 雨水打湿老黄狗，不撑伞的疯姨娘

槐角公园的戏班子已经撤了好一会儿了，一时之间少了咿咿呀呀的唱腔，只剩隔壁开发区工地上机器的声音还在响个不停。

听完戏的人三三两两地离开，议论声分成两拨。

一拨是穿着校服的女高中生："哇，唱戏的小哥哥可真好看，素颜迷死人！希望沈院戏班子七十周年的时候，小哥哥能为我单独表演一出《客途秋恨》！"

另一拨是上午刚广场舞训练完赶来的老婆婆："凤仙儿老哥哥可

是老了，年轻的时候红得不行，现在退居幕后给徒弟拉二胡伴奏，我觉得还挺行。就是不知道老哥哥在七十周年的时候会不会开嗓唱一首《女儿情》。"

被议论的两位哥哥坐在亭子里毫不自知。

被叫小哥哥的沈不周顶着一脸没卸干净的妆，搞完演出兼职场务，正在收拾东西。

而他师父沈凤仙老哥哥一身黛青色的盘扣短衫，古稀之年精神矍铄，正坐在旁边看似悠闲地喝茶。

这二位就是"沈家戏苑"的核心人物了，一老一少年龄相差五十岁，每天你拉我唱一小时，差不多唱了五十年的一小时了。

不过，五十年前是沈凤仙在唱，那个时候的他差不多就是现在沈不周这个年纪。当时时代好，戏曲是主流文化，沈凤仙又是沈院的台柱子，红得不行。

后来文化发展日新月异，电视电影大 IP，城市钢筋混凝土，鲜有人还听戏，听戏的也都去了中央电视台十一戏曲频道空中梨园了。

可沈凤仙一身傲骨，偏偏不跟着时代走，找了几个志同道合的老人家每天在中心公园咿咿呀呀地唱。

后来他们没败给时代，败给了一群跳广场舞的婆婆，婆婆嫌他们吵，影响到自己的舞蹈步伐，就硬把这群戏班子老头儿给赶到槐角公园了。

槐角公园这边属于老城区，拆迁拆了好几年，每天乌烟瘴气的，老先生老太太们散步都不愿意来这边。

于是，沈院戏曲一度沦为杂技表演，社会地位越来越低，听的人也就那么几个，有时候老戏迷生病了还没人来。

不过沈凤仙从头到尾都没说过停。后来自己唱不动，就捡了个小孩儿继续唱。

这个小孩儿就是沈不周。

沈不周三岁的时候跟着爸妈逛公园，反应过来的时候已经跟小乞丐一样在公园待了两天了。

第三天差点饿晕过去，沈凤仙凶得不行，说："听我的戏还睡觉，有那么难听吗？啊？"

沈不周话都说不出来。于是，沈凤仙给他买了个馒头，问："你爸妈呢？"

沈不周还是没说话。然后沈凤仙带他回了沈院，喂饱了才听他说："我不能回去，爸爸妈妈养不起我，我回去会连累他们的。"

沈凤仙叹了口气，把他留了下来。

可沈凤仙都这样了，朱辞夏还老说他涉嫌拐卖儿童。说到朱辞夏，沈凤仙喝了口茶，问："辞夏今天没来？"

沈不周刚准备把头冠放进檀木箱子里，沈凤仙的忽然发声吓了他一跳，差点给摔了。这可是沈凤仙的宝贝，几十年了，上面的珍珠都黄了，也不见师父换，八成是有什么故事在里面。

沈不周有点惊魂未定，说："辞夏，昨天睡得晚，我就让她今天别来了，我待会儿去朱楼找她。"

"七十周年就快到了，你不好好练戏，还躲在被窝里玩手机？"沈凤仙问了句。

沈不周脸皮薄，被戳穿后脸立马就红了，不过还好妆挡了些。

但也逃不过沈凤仙的眼睛，他无奈摇头，这小孩儿哪里都好，就是性格太软弱了，像个女孩，还是他们那个年代的女孩。说两句话就脸红，就算朱辞夏性子稍微虎一点，也免不了老被欺负。

沈凤仙站起来，顺了顺衣服上的褶子，说："去吧去吧不说你了，记得路上带点香……"

"香？"沈不周没听明白，沈凤仙已经转身吩咐另外两个徒弟搬东西了。

等把事情交代完，沈凤仙才给他解释，只是眼神飘了很远，说："今天是辞夏奶奶的忌日。"

沈不周这才忽然记起来，觉得自己太不长心了，在心里默默记了一遍，才说："好的，师父。"

接着，他又问："不过为什么您记着……"

话没说完沈凤仙已经走了。

沈不周看着老人日渐佝偻的背影心疼了一下，人家老了都有老伴儿照顾，师父一生都只有戏曲陪，他可得听话点儿好好练戏，争取让师父放心。

沈不周一边想一边准备走了，余光突然瞥见一个人影站在戏亭外的樟树下。

可是再看过去的时候，只有阳光透过树梢洒下来，明明晃晃的光晕像是树影浑身长满了眼睛。

他有些奇怪，但也没怎么放在心上，赶着去朱楼找辞夏。

朱楼全名"珠满西楼"，一家只卖天然珍珠的珠宝店，辞夏是老板，不过是从她奶奶手里直接继承来的。

她奶奶是当年玉盘镇有名的采珠人，跟以前玉盘镇的大多数人一样，以采珠为生。当其他采珠人疯狂往外面输送珍珠货源的时候，她奶奶的珠子一颗都没有卖过。

于是积少成多，攒出了一家店，就是朱楼了。

朱楼说起来是一家珠宝店，可辞夏觉得它更像是一座博物馆。大概是因为每一颗珍珠的定价都奇高无比，她奶奶又不准她降价瞎卖，所以来朱楼的人常年都是只看不买，然后唏嘘一下。

长此以往，辞夏现在虽然坐拥无数价值连城的珍珠，富甲一方，可是实际上她穷得都快要去街口流浪了。

而且朱楼还是租的，很惨了。

海边小镇的天气，阴晴雨雪说来就来。

沈不周刚赶到街口就下起了雨，砸在路人撑起的伞面上噼里啪啦的，像是嘴里含的跳跳糖。

他是顺路去街口的香店买了香纸之类的东西，却没想到能碰见师父的老朋友。

他吓了一跳，佯装镇定地跟老人打招呼，说："周奶奶好。"

被叫周奶奶的人似乎没看见他一样，撑起一把鲜红色的伞，朝着雨里走去。

沈不周看着她的背影发愣，其实也不是第一次看见她了。可是不知道为什么，每次看见她都下意识地觉得发怵。

其实周奶奶人挺好的，经常给沈院送东西，对师父也特别好，除了话很少，大概是因为老人右半边脸上有一块很深的胎记，显得有些吓人，而且还有一个不会说话的孙女。

所以，就不怎么喜欢与人打交道吧。沈不周想。

沈不周站在屋檐下等雨小了点才一口气跑到朱楼，辞夏大概还没起来，朱楼没开张，但是已经有人等在门口了。

沈不周愣了一下，这个女人他见过。

二十多岁的样子，老式的圆头皮鞋，殷红色的风领旗袍，左耳垂上一颗圆润盈亮的珍珠格外引人注目，可是右耳垂上却什么都没有。

她没有撑伞，细密的雨丝落在她身上，仿佛一层毛茸茸的光。而她就站在那里，微仰着下巴看着牌匾上"珠满西楼"几个字，美得像是一幅油画。

沈不周更加确定了这就是他在槐角公园瞥见的那个站在樟树下的女人了，可是有点奇怪，为什么只有一只耳环？

女人忽然收回视线，对上沈不周的目光，眉目间迅速凝起一丝不悦。

沈不周一慌，赶紧移开目光，假装正在敲门，一声一声地喊着："辞夏，起来啦。"他小心翼翼地再回过头的时候，人已经不见了。

虽然朱楼听名字古色古香的，可实际上就是一幢四层小洋楼，一楼就是"珠满西楼"这家店，辞夏住在四楼的阁楼里，因为租不起二楼三楼豪华单身公寓。

而辞夏这会儿还没睡醒呢。

卖火柴的小姑娘是生活极其苦难而沉浸于美梦，这位卖珍珠的明明生活已经很苦了，做个梦被梦魇了，还醒不过来。

辞夏拼命地想睁开眼，可是眼皮上仿佛覆盖了一层什么东西，迷迷糊糊地看见窗台上好像坐着一个人。

红色的身影，只看得清下半身，纤长的小腿，细白的脚踝，一双黑色的高跟鞋，没有任何多余的坠饰，雨水一路顺着鞋跟滴下来，洇湿了地面。

而地面上凝成一摊的水仿佛一面镜子，辞夏从"镜子"里看见自己奶奶了。

老太太还是老样子，眼尾像是鱼尾，皮肤上布满了皱纹，像是干瘪的湿抹布。但眼神和骨子里依旧能看出年轻时凌厉清冷的美，脖子上一串珍珠项链，又给人平添了几分柔和。

她坐在落日余晖的大门口，一只手拿着一杆长烟，另一只手抚摸着旁边的大狗。

辞夏一向天不怕地不怕就怕狗，这会儿看到狗就怂了。她后退了几步，却莫名转换了视角，这才发现自己跟奶奶隔着一条河，河里淌着红色的河水，散发着腐烂的腥臭味，身后是另一条河，干净澄澈。

"奶奶……"辞夏看着河对面的老人喊。旁边的大狗耷拉着头趴在地上，额头上有朱砂画的花纹，像是燃烧的火，前爪扒拉着一根骨头，嘴边的毛染了点红色。

仔细看，那骨头是人的，还是小孩儿的腿骨。

"……"辞夏心里发怵，不可思议地看着奶奶。

奶奶看过来，说："辞夏，过来。"

她不敢过去。

忽然，她觉得眼前有一只红色的鸟，像是虫子一样绕在眼前飞来飞去，尖利的细喙来来回回地朝着她的眼睛戳去。

"奶奶！"

"辞夏，辞夏……快过来……"

……

"辞夏？辞夏？"

梦与现实相交汇的一瞬间，辞夏仿佛看见自己的灵魂归位了，她猛地睁开眼，从床上坐起来。

手还盖在胸前，一粒一粒冰凉的触感从手心蔓延开来，辞夏稍稍平静了一些。

那是她奶奶去世前交给她的珍珠项链，和梦里奶奶戴的那串一模一样。乍一看和其他的项链并没有什么差别，要很仔细很仔细才能发现正中间四颗珠子跟其他珠子间细微的差别，那是她奶奶手工一点点磨出来的。

"辞夏，开门啊！"

终于听出来是沈不周的声音，辞夏愣了一下，原来真有人在喊她。

她从床上跳下来，跑到窗边。沈不周站在下面，一脸妆花得跟鬼一样，估计是唱完戏没来得及卸自己又忘了。

"你是不是被人打了？"辞夏十分无奈。

沈不周这才意识到，抹了一把脸就能揩下一手的粉，于是赶紧低下头钻进屋檐下。

辞夏拖着极其疲惫的步子去打开门，门缝里各种小广告掉在地上。她瞥了一眼差点没心肌梗死，催款单几个字特别显眼，她慌忙捡起来。

她脑袋里迅速开始回忆昨晚看的那本叫《十万个赚钱的方法》的书，可是好像翻开书就睡着了。

气死了！

沈不周甩了甩身上的水进来，没顾得上自己，反而问辞夏："辞夏，你没事吧，怎么脸色这么白？"

辞夏拍了拍脸，谁被催债的时候不心慌啊。她瞥了一眼沈不周："你脸上恨不得开染坊了，还嫌我白了。"

沈不周不好意思道："赶着过来就忘了，怪不得刚刚周……"

沈不周本来想说怪不得周奶奶没认出他来，后来一想辞夏并不喜欢那个人，好像是因为她奶奶和那位周奶奶以前有过什么过节儿。沈不周赶紧打住努力转移话题，他看着辞夏手里乱七八糟的东西，随口问："这些是什么？"

这回轮到辞夏慌了，她赶紧把手往身后一塞，藏起来，生怕沈不周知道她欠了巨额债务给她送钱。

而且，她编起谎话来脸不红心不跳："情书呢！有些写得可好了，我藏起来学习学习，争取出个情书文集。"说着一转身把东西塞进抽屉里。

"辞夏你是不是该交房租了啊？"

辞夏被这句话问得差点夹到手指，心跳都停了。结果沈不周只是不经意瞎说，他继续说："我刚刚来的时候看见门口站了一个人，像是来买珍珠的。"

"真的？"辞夏眼睛都亮了。

"嗯，我看她就戴着一只珍珠耳环，可能是另一只丢了，想来买一只。"他问，"她买了，你就有钱交房租了对不对？"

辞夏也是这么想的，可是这么多年了，买的人哪有那么轻易就买的啊。她差不多都放弃了，说："丢了就不会再买一只啦。"

"嗯？"沈不周问，"为什么？"

"嗯……因为一对儿的东西天生就该是一对，珠子也是。两颗珠子之所以会成为一对首饰，都是人精心挑好的，从光泽形状以及本身的宝气来看有相契合的气场才能组成一对耳环，而且放久了，这种藏在珠子里的宝气也相互打磨成为最适合彼此的，要丢了一半再找一半的话，跟人续弦一样，原配可得不高兴。"

辞夏一口气说完，气都不用喘一下，完了推着沈不周上楼："好了，你赶紧去洗澡吧，跟你说话感觉在对戏，下一句我就高歌一曲了。"

沈不周觉得辞夏说得非常有道理，顿时豁然开朗。

完全不知道辞夏全是瞎掰的。

等沈不周上楼了辞夏才偷偷打开抽屉看了一眼，果然是巨额负债。

其实，房东奶奶跟她奶奶关系挺好的，房租已经是对半砍了又砍，恨不得免费送了，但是据说房东奶奶的孙子不愿意。

辞夏也不想让房东奶奶为难，反正是会尽自己最大努力不拖欠房租了，毕竟养这一屋子珍珠都很费力了。要保养啊，还要定期打理橱柜啊，加上好几个红外线橱柜，都是一笔不小的开销，都在天天吸她血。

辞夏觉得自己已经十分空匮了，却从一堆催款单里抽出一封姜黄色的信封，上面工整的行书，字写得特别好看。

"夏夏收"。

还真有情书啊？

辞夏顺手打开留声机放了首音乐，然后坐下来好好看信，没有听见朱楼外嘈杂的风声雨声里那一道尖锐的惨叫。

雨水细密的阵脚像是在演奏一首沉重的哀乐。

各商家和躲雨的行人宛如被打翻蜂巢的蜜蜂，议论纷纷地朝着街口涌去，而停在街口的那一瞬间，大人慌忙捂住小孩子的眼睛，只听见几个女人此起彼伏的惊叫和倒吸凉气的声音。

路中间躺着一位老人，一动不动，整张右脸都是黑的，右眼处一个巨大的血洞，汩汩地往外渗着黏稠的血液，血水被雨水冲刷着淌了一地，蜿蜒着像是一条红色的河。

而"河"的尽头是一把红色的雨伞，像是被血染出来的颜色。

周围撑伞的人越来越多，却没有一个人敢上前，大家都宛如坟墓前默哀的哀悼者。

救护车的声音由远及近，地上的老人凭着最后一丝力气缓缓睁开眼，腥腻的血浆覆盖着另外一只眼睛。

而由此变得鲜红的世界里，她看见人头攒动，唯有一双双黑色的圆头皮鞋，像一幅幅老照片，不知道是在走近，还是在走远……

她张了张嘴，再也发不出声音，紧握的手心终于失去了力气，一颗珍珠从手心滑落。

沿着那条血河，珍珠停在一双白色的帆布鞋旁。

穿帆布鞋的是一个女孩子，她弯腰捡起那颗珍珠，血河里走一遭，珍珠都染上了红色。她撑着伞走到老人身边，伸手盖上老人血淋淋的眼睛，她张了张嘴，不能说话，心里喊了一声，奶奶……

屋外变故横生，屋内老留声机里吱吱呀呀依然唱得婉转。

"新居故里仍闻，夜夜琴声漾，天外边儿的人啊，依然在我心上……"

辞夏很奇怪奶奶的老留声机里什么时候有了这样一首歌，她记得前段时间老听沈凤仙唱，估计是沈不周给特地刻了碟。

外面的雨声淅淅沥沥，空气里泛着些腥味，一只小鸟扑棱着翅膀停在窗棂，甩了甩身上的水，然后跳来跳去，似在啄食。

辞夏看完信收了起来，倒没怎么注意这只鸟。

一直到外面响起救护车的声音她才觉得不对劲，朝着窗外望过去的同时，那只鸟也忽然抬起头，四处张望了一会儿，然后飞走了。

辞夏心里一沉，跟着跑过去，甚至觉得有那么一刻，鸟和她的目光就这么撞上了，像人与人的对视一般。

不是，就是人一样的目光。

辞夏好奇地准备出去看看，却被一个人挡住了视线。她抬眼，是个穿旗袍的女人，估计是没有撑伞的缘故，全身都湿透了，可即便这样也不显狼狈，反而有种说不上来的美，和莫名的亲切感。

很容易注意到她右边耳朵上的珍珠和左边空荡荡的耳垂。这不是沈不周刚刚说起过的女人吗？

难不成真是来买珠子的？

辞夏仿佛看到了金钱，于是堆起一脸亲切的笑："你好，欢迎光临，买珍珠吗？"

"朱辞夏？"

"嗯？"蓦然听到陌生人喊自己名字还挺奇怪的，辞夏回过神来，问她，"你怎么知道我的名字？"

女人笑了一声，目光落在她脖子上的珍珠项链上："你奶奶什么时候死的？"

"……"有谁见面就问人奶奶什么时候死的啊！辞夏强颜欢笑，开始对陌生人保护自己的隐私，"我奶奶还好着呢，马上回来了……"

"朱瑾。"

"啊？"辞夏明明平时能得不行，也不知道为什么在这个女人面前语气就十分弱，"什么朱瑾，我奶奶不叫朱瑾。"

"我叫朱瑾。"女人微扬着下巴，"你的客人。"

"买珍珠的客人？"

朱瑾自顾自地看了一圈朱楼，琳琅满目的珍珠色泽各异，珠光宝气。她的目光由上而下，最后落在她脖子上的那串项链上。

"来帮你摘下这串项链的客人。"

心跳声在耳边渐渐清晰，可是……辞夏下意识地伸手盖在锁骨间，这是她奶奶临死前交给她的，一串戴上去就摘不下来的珍珠项链。

02. 春色如许，不进园林，不遇你

玉盘镇很小，临海，现在是各大旅游攻略上炙手可热的地方。但是几十年以前还是一个小镇，落后、偏远，镇上的人多以捕鱼采珠为业。

所谓采珠，便是入水取珠。古人说"夫千金之珠，必在九重之渊而骊龙颔下"，恶水才能出好珠，所以采珠都得拿命去赌。

还有人说，珍珠"本是凡间一粒沙，却因心血放光华"。

老蚌呕心沥血，还得经历无数的日日夜夜吸收日月的灵力才孕育出一颗好珠子。可是人却就这么夺去了，都是会遭报应的。

海底的蚌会在月夜正圆的时候化作人形，上岸取人命。

所以当初的采珠人，至今没有一个存活的。

而辞夏觉得自己脖子上的这串项链，就是所有罪恶的根源，一定凝聚了不少来自深海的怨气，所以才没有办法摘下来。

她觉得这串项链就像那些珠蚌在她身上做了个标记一样，有时间就来杀了她。

辞夏猜得头皮发麻，刚准备问朱瑾怎么摘的时候，却听见沈不周喊她了。

她下意识地不想让沈不周知道这件事，于是"啪"的一声关上了门，然后一副做贼心虚的样子回过头。

这一举动反而把沈不周吓了一跳，辞夏嘿嘿笑了两声，瞎编借口：

"刚看看雨还在下没有，好像已经停了。"

"啊！"沈不周想起来，"今天是朱奶奶忌日对不对，师父还特地嘱咐我买了香，让我和你一起去。"

"凤仙爷爷？"辞夏奇怪，"他为什么知道我奶奶忌日啊……"说着走过来，透过窗子悄悄往外看，朱瑾已经不在了，去哪儿了？

该不是生气了，所以走了吧！那谁帮她摘项链？辞夏赶紧打开门，果然人已经不见了……

"辞夏？"沈不周喊。

辞夏也觉得自己的举动简直不正常，于是笑眯眯地回头："走吧，趁着没下雨！"

辞夏拜奶奶两手空空，沈不周才知道朱奶奶是没有墓的，只不过算个固定的地方而已，就在玉盘镇东边的禁地。辞夏喜欢坐在那里跟奶奶说话，就默认为墓地了。

两人穿过一片幽暗潮湿的水流小树林，不知道哪里来的水常年浸泡着树根，走进去一半就让人觉得压抑和窒息。

路的尽头有一片很小的海滩，海水泛着奇怪的蓝绿色，周围是几块巨大的礁石，经过了日久天长被海水磨成了怪异的形状，却在这个每天接待无数游客的地方圈出一小块安静的角落。

其实是个好地方。

至于为什么成了禁地——是因为路口石头上红色的"禁地"两个字是辞夏以前拿油漆瞎写的，却没想到这么多年还真能吓唬人。后来人云亦云，说禁地之所以是禁地，是因为里面有不干净的东西。

干不干净，辞夏不知道，倒是非同寻常的清静。

两人来了不拜人，就找了块石头坐下来吃冰棍。还是刚刚走在路上卖冰棍的大姐见沈不周好看免费送的。

沈不周还挺迷信的，问："我们这样朱奶奶不会生气吧？"

"不会。"辞夏说，"而且冰棍都快化了，不吃多浪费啊。"说着咬了一口，冰棍在嘴里咬得咯嘣作响，又问，"这什么，是不是大姐自己兑水做的？"

沈不周也咬了一口，说："我看是。"

辞夏心不在焉地吃完了，一心想着朱瑾什么时候会再来。

沈不周见她心事重重，也不明白为什么，就从石头上跳下来，然后面朝大海"扑通"一声跪下来："朱奶奶，我是辞夏的好朋友，我叫沈不周。"完了行了个礼，"请你保佑辞夏天天快乐。"然后又行了个礼，最后也没什么要说的，就隆重地磕了个头。

辞夏心想干吗呢这是，赶紧跟着下来，拍他："可我想发财，我觉得发了财就自然而然地快乐了，没有钱买不到的快乐，钱本身就是快乐。"

沈不周很无辜地看她："那我岂不是说错了……还能改吗……"

"没事，反正我奶奶肯定不会听见的，她估计在海里逍遥快活呢！哪有时间……"话没说完，前面云海翻涌，一阵浪扑过来，裤腿湿了一半。

辞夏愣了一下，赶紧跪下来，哭丧着脸说："我就……开个玩笑啊……奶奶您听见了别生气啊。您随便保佑我什么吧，我都开心。"

远远一看，俩人跪在海边，感觉他们不是在设坛求雨就是在义结金兰，辞夏觉得自己都被沈不周带傻了。

两人互看了一眼，站起来。

辞夏看着远处乌黑一片的天："我怎么觉得又要下雨了呢。"

"我觉得也是！"沈不周忽然想起什么来，"刚刚来的时候看见外面有卖一次性伞的，要不我赶紧去买伞？"

说着，他没等辞夏回答就跑了。

辞夏心想为什么不一起去买伞啊，而且买伞又要等他回来，然后他们再一起走？那样的话雨不是早下完了？

可是喊着沈不周都没把人叫回来，她只能追过去了。辞夏跑了两步，却忽然停了下来，背后有浪扑过来。

她顿了一下，然后回过头，只见浪潮像是受惊的小兽，趁人不备伸出来的触手又慢慢缩了回去，跟玩一二三木头人一样。

一会儿，整个沙滩都变了颜色。

而退潮的沙滩上，多了个黑影。

是一个人，一动不动地趴在那里，像是一根被吃剩的骨头。

辞夏愣了两秒才反应过来，回头喊："沈不周快回来啊！"

沈不周早跑没影了，雨如同墨水一般泼进了海面，然后一路由远及近朝这边洒过来。

辞夏反应过来的时候，已经朝着雨来的方向冲过去了。

估计是为了寻求刺激。暴雨天气下，海上冲浪的游客翻水了，然后被冲到这边来，毕竟海边经常会有溺水的人。

辞夏看清人后愣了一下，是个男人。黑色的衬衣已经湿透了贴在身上，衣冠整齐的样子并不像是冲浪的，而像是去找海的女儿相亲被龙王扔出来了一样。

辞夏没心情顾及这些了。人命关天，她立马蹲下来检查了一下，他身上并没有明显的外伤，肺部也没有积水，应该只是呼吸道被泥土海水之类的堵着了。

她从包里拿出手机打120。

老式按键机很防水，但是信号就不怎么好，听筒里声音嘈杂，辞夏尽可能快速地说了位置和情况。完了，她就把手机扔在一边，四处看了看，刚刚自己坐的那块礁石被海水冲出来的凹陷刚好可以挡点雨。

辞夏虽然看起来瘦弱，力气却奇大。

她很轻易地将人拖过去，二话没说解开他的衬衣扣子，双手叠在胸腔上做按压，手法娴熟，干脆利落，下一刻甚至毫不犹豫地俯下身来。

温热与冰凉，心跳与呼吸。

地上的人咳了两声，喉结滚动，薄唇微启。

辞夏跟梦里惊醒了一样，愣了两秒之后，目光沿着下颌一路移到他紧闭的眼睛，只见沾着水珠的睫毛微颤了一下。

那一瞬间似乎有某种灼热的温度，像是温度计里的红线，从指间开始一路飙升，最后涨红了耳根。

辞夏"啊"了一声，一屁股坐在地上。在此之前一心想着救人，而在此之后她居然还摸着人胸口发愣——安的什么心！

辞夏猛地缩回手，然后在心里质问自己。可是这会儿耳边全是雨水拍打海面的声音，宛如耳鸣。

她问不出来自己安的什么心。

"辞夏！"

沈不周的声音断断续续传过来。

辞夏赶紧转过头去找人，只见沈不周跑了过来，随之而来的还有救护车的声音。

她努力呼吸着，却没有注意到地上的人手指微动，眼睛睁开一条缝。

他眨了眨眼，迷蒙的水汽里，有位姑娘湿答答地坐在地上，像是一只落水的小狗，又蒙又呆。水珠顺着耳边的一缕头发落在她细白的脖子上，被一串珍珠项链挡住了去路。

而水光里的珍珠，一颗一颗宛如柔软的白月光。

救护车没有办法开进林子，几个医生护士抬着担架急急地过来。

辞夏手忙脚乱地站起来，让开位置方便护士们抬人。

其中一个护士叫计绯然，是辞夏的邻居。计绯然见辞夏狼狈得不成样子，赶紧过来问了一句："没事吧？"

辞夏摇头。

计绯然看了旁边的沈不周一眼："赶紧回去吧，别她傻了你也傻了，二傻明天成二病秧子。"说完加入了抬人队伍。

辞夏不知道计绯然说谁是傻子，她一直悄悄盯着担架上的人，一路看着他们将人抬起来离开，视线却冷不防撞进一道冰冷的目光里。

这人盯她半天了，她认识，一位有钱有故事的男医生，叫祝安。

救人命的紧急时刻居然还撑着伞，一副不愿意让雨水沾湿自己高贵白大褂的清冷样子，看着辞夏的眼神又嫌弃又不屑。

"看什么看，医生生病了会耽误多少生命你一定不知道吧？医生并不仅仅需要救死扶伤，还需要保护自己的健康你也不知道吧？"

辞夏今天不屑跟他吵，还是计绯然说了一句："医生可闭嘴吧。"

走的时候，祝安还是忍不住，特地绕到辞夏跟前，还装作跟恰好路过一样，调侃了一句："第七次了，你是不是改行海上搜救了？"

什么第七次？辞夏莫名其妙，可祝安已经酷酷地转身离开了。

沈不周站在旁边，见辞夏今天不吵架差点吓死，虽然不知道这两人关系，可平时辞夏跟这位医生绝对是能吵翻天的。

沈不周担心死了，叫醒辞夏："辞夏，醒醒！"

"醒着呢。"辞夏把手盖在心口，刚刚觉得自己没心跳了，这会儿又觉得心脏恨不得跳出来。

　　她偏着头，眨了眨眼，像是为了证明自己还是清醒一般，说："你伞坏了。"

　　沈不周看了一眼，一次性的伞还真是一次性，估计刚刚跑过来的时候风大，骨架被吹断了。

　　沈不周索性收了起来，关心地问道："那你没坏吧……"

　　辞夏深呼几口气，从头到脚感知了一遍，好像就是觉得唇上有点异样的感觉，说："没事，有事我就躺担架上一起被抬走了。"

　　"可是你脸怎么这么红，是不是发烧了？"

　　辞夏忽然不说话了，盯着沈不周看了半天。

　　沈不周被看得头皮都紧了："辞夏你别这样看，你再看的话我脸也红了。"

　　辞夏一本正经："因为我淋雨上脸。"

　　"啊？"

　　"你只知道我喝酒上脸吧，沾酒脸就红，其实我淋雨也上脸。据说是因为基因原因。"

　　沈不周压根儿不知道辞夏在胡言乱语什么，可又不忍心再多问，只好道："那我们快回去吧，别让基因受委屈了。"

　　辞夏松了一口气，拍拍自己的脸，朝着救护车离开的方向看了一眼。

　　辞夏忽然跑起来，沈不周在后面追，两人像两只撒欢的小狗。

　　可谁也不知道，刚刚救人的时候，辞夏居然碰上那个人的唇了。

　　估计是刚吃完冰棍的原因。

　　很凉，很咸，还有，很要命。

03. 不是有缘人，不进朱楼门

辞夏和沈不周两人跟放水里涮过一样，走到朱楼口的时候，辞夏忽然停了下来："不周，你先回沈院去吧。"

"嗯？"

辞夏抬眼："我家又没有你能穿的衣服，你淋成这样去我家，难不成让我给你拿块布现缝啊？"

沈不周一想也是，于是犹犹豫豫地还是被辞夏赶走了。

辞夏看着地面，尽管雨下了半天，可还是能看见地上一条淡淡的红色痕迹，逆着水流的方向，从街口一直流到了朱楼门口，一整条街都弥漫着血的味道。

辞夏一步一步走回去，眼前不断地闪过一些奇怪的画面：红色的尖喙的鸟，被头发挡住了半张脸的人。

辞夏停下来，看着那群一出事就会来朱楼闹事的人。

唉！就知道会这样，要不怎么会把沈不周给赶走了呢。

不知道谁先看到辞夏的，高声喊了一句："哟，回来了啊，做什么坏事去了？"

于是所有人都转过头来，三五成群，窃窃私语：

"怎么这么不要脸？"

"别真是他们家害的人吧。"

"玄乎，周家那老人就走在路上忽然倒在了地上，眼睛都没了，玄不玄？这么玄只有这朱楼做得出来。"

"是是是，你看有人死了都不甘心，那么点血，硬是流到这边来了，估计是冤魂散不了。等着吧，冤魂越积越多，迟早报应到她头上。"

辞夏笑了一声，声音盖过那些窃窃私语："聊啥呢，家庭聚会吗？正好刚拜完我奶奶，顺便喊她回家吃个饭，估计这会儿正跟在我后面呢。要不我请客，大家一起来朱楼吃人肉包子吧。"

这话一说散了好几个，他们跟踩着什么东西一样露出格外嫌弃的表情，可是还有几个分明就是要闹事："呵，正好问问你奶奶，死了都要害人，究竟快不快活。"

雨天路上的游客少了许多，但还是有些不知情的人停下来看热闹，于是那些人就更嚣张了，拔高声音嚷嚷着："都过来看看啊，这可是害人精，害人世家，学了一些不干净的东西，害人可厉害了。"

辞夏站那儿不动，刚准备说什么，朱楼的门却被推开了。

"吵死了。"朱瑾迈着款款的步子走出来，往那儿一站，便是十足凌人的气势，可是声音却婉约轻盈，"有多少话，来，跟我说说，我来回答你。"

"朱瑾！"辞夏惦记半天的人原来没走啊，她心里开心死了。而那群人估计也没想到辞夏今天叫帮手了，还气场这么迫人，一时间愣在那里。

朱瑾的气质确实有一种让人不寒而栗的感觉，几个本就是欺善怕恶的主儿，自然是咬牙切齿地离开了。

等人都走光了朱瑾才进门，辞夏心情大好地跟在后面，一肚子问题都不知道从哪个开始问了，于是瞎问道："你没走啊？那你刚刚一直在哪里啊？不对你怎么进朱楼的，我不是锁门了吗？"

朱瑾白了她一眼："平时都是这么被欺负的？"

"啊？"辞夏觉得朱瑾是不是耳朵不好，从来都听不见她的问题，但她不敢反驳，只好乖乖回答，"也没有，他们顶多就敢动动嘴上功夫，真下手的没几个。而且虽然老辱骂我奶奶，但也很怕她的，每次把我奶奶搬出来，他们怕死，生怕我奶奶真的会爬出来吃掉他们一样。"

朱瑾不屑："你奶奶会帮你？"

"肯定啊，天天保佑我呢。"

"个屁！"

朱辞夏愣了一下，从朱瑾这么优雅大方的人嘴里说出这两个字可真稀奇。可是朱瑾却完全不在意，目光落在她脖子上的珍珠项链上。

辞夏心里有点虚，问："怎么了？"

朱瑾却没再说话。

辞夏下意识地瞥了眼旁边玻璃里倒映的自己，狼狈可怜。明明是透明而苍白的倒影，可脖子上的那串项链却真实得仿佛玻璃后面真的也有一串。

莹润通透，绕着淡淡柔软的白光，正中间的那颗珠子竟然在某个瞬间闪现了一丝红光。

辞夏心里一惊，看了眼朱瑾，有些犹豫地捏着锁骨间的那颗珍珠。

那里温暖，甚至是灼热，然后眼前便出现了那些画面：倒在地上的老人，半边窟窿的脸，还有撑伞的女孩……

是早上街口的场景重现。

辞夏想拿开手指，却仿佛被粘在上面了，颤抖着始终放不下来。

朱瑾皱眉，却见辞夏仿佛早就习以为常似的，生生给扯了下来，两根指尖掉了一层皮，血淋淋的，而珍珠上却什么也没有。

"这颗珍珠……是不是又杀人了？"辞夏眼神闪烁了一下，问。

朱瑾环着手，算是默认了："你好像很习惯了？"

"不然呢……"辞夏声音有点哑，失神也就一秒钟的事情，"已经不是第一次了啊，就算是一开始怕得不行疼得想自杀也没有人来替我扛，后来一想也没什么，死不了就活着，习惯了就好。"

是人都会这样吧，不管好的坏的，反反复复之后都会变成习惯，成为生活的一部分。那些恐惧和不安也是一样的，久了就成了日常，情绪会变得麻木。

"很好。"朱瑾笑了笑，"虽然你一点用都没有，但是比我想的要坚强，至少不会躲在被窝里苟活。"

辞夏有点听不出来朱瑾这是在表扬她还是在辱骂她，不过倒是有点心虚，不会躲在被窝里是因为就算躲在被窝里他们也会钻进来。

无论如何都躲不开的，面对或许更能找到出路。就像小时候听谁讲过的，森林里发大火的时候，风吹大火席卷而来，所有小动物都被火追着往前跑，可是只有朝着火跑的才活了下来。

她给朱瑾倒了杯水，说："你说吧，我都准备好了。"

朱瑾语气缓缓，娓娓道来——

"这串珍珠项链里，有另外一个世界，叫'珠界'。那里什么都没有，只有一颗一颗的珍珠，就像是飘浮在宇宙间的荒星。

"每一颗珍珠里面同时住着珠灵和恶魂，珠灵为善，恶魂作恶，相互约束，以制平衡，同时又镇守珍珠界一方。

"但很久以前，大概是几百年前吧。由于天灾，项链里的恶魂全部被放了出来，他们寄附在人类身上，利用人类的贪嗔痴处处为恶。也就是你看到的那些。所以就出现了守珠人，和珠灵一起封印恶魂，遏制他们继续下去。"

辞夏听得不清不楚，指着自己，问："守珠人……是在说我？"

"不只是你。"朱瑾接着说，"戴上这串项链的人就是守珠人。项链一共四十八颗珍珠，每个守珠人大概能封印四颗珍珠。"

"还是传承的啊……"辞夏嘟哝了一句，却被朱瑾白了一眼，只得老实闭嘴，听她继续说。

"你脖子上最中间的四颗就是最后四颗。所以，你应该是最后一个守珠人了。"

辞夏的目光跟着朱瑾一起落在自己的锁骨间，要很仔细才能看见正中间的四颗珍珠有略微的不同颜色，而现在正中间的，散发着柔软淡红色的光。

她还以为是自己奶奶精心磨制的，原来只是出现了动荡的珍珠而已。

"这是朱雀珠。"朱瑾说，"等朱雀珠的封印结束，下一颗珍珠的恶魂才会苏醒过来。珠灵也会来找你，所以你不用担心应付不来。"

"哦，那好贴心哦。"辞夏偷偷暗讽，趁朱瑾没发现赶紧问，"这么说你是珠灵？"

朱瑾大概是默认了，接着说："珠灵和恶魂其实就是珍珠里面分离出来的两个魂体，有兽形。只不过珠灵可化人形，而恶魂只能寄附在人的身上。"

说到这里，朱瑾停了一下，其实珠灵原本也是没有人形的，和恶魂一样。而有人形的珠灵是因为原本的珠灵死掉了，有人愿意舍弃自己的姓名和身份变成珠灵，所以才有人形。

她便是舍弃了自己的姓名和记忆的人，"朱瑾"不过是随口取的名字而已，她忘记了自己原本是谁。

"朱瑾？"辞夏不知道朱瑾在想什么，喊她。

朱瑾回过神来，揉搓着自己耳垂上的那一颗珍珠，继续说："我这颗叫'珠灵珠'，所以恶魂也有恶魂珠。对于我们来说如同心脏之于人类，同时也是打开珠界大门的钥匙。只要守珠人同时拿到这两颗珍珠，便能打开珍珠界的大门，将恶魂封印起来。"

辞夏看着朱瑾耳垂上的那一颗珍珠，大概明白了就是妖怪的灵丹一样的东西。

"那恶魂的话，也是戴着这样一颗珍珠首饰的人吧？"

"差不多是。"

"那是不是只要封印完四颗珍珠就能摘下项链了？"

"是。"朱瑾只说了一个字，剩下的半句话没有说。可辞夏已经有些按捺不住心里的窃喜了，如果那样的话还来不来得及过上平凡的生活呢？

朱瑾似乎看穿了辞夏的想法，当头浇下一盆冷水："不过也别高兴得太早了，恶魂没那么容易封印。"

"可总是有点希望的不是？"辞夏天生乐天派，稍微给一点点阳光就会灿烂很久的那种，"总不至于再像以前那样浑浑噩噩只会躲起来了，至少知道该怎么办。"

她忽然笑起来，明明这么凶险的事，任谁都应该难以接受和消化的。

朱瑾皱了皱眉，早上街口的事件，很明显是恶魂所为。因为有那么一刻，她感觉到了恶魂的珠气，可是转瞬即逝。

毕竟对于珠灵来说，只有在恶魂显出本体珍珠的时候，她才能感应到恶魂的存在。如果它重新寄附到人类身上，珠气就会消失，珠灵就没办法感应到了。

所以那个时候，恶魂应该是抛弃那具年迈的身体找到了下家。可是当时街口围了那么多人，谁拿到恶魂珠都有可能。

朱瑾跟辞夏提了一下，辞夏显然有些意外："你说……周奶奶是拿着恶魂珠的人？"

"有什么不对吗？"

辞夏不笑了："她和我奶奶年轻的时候好像有过什么过节儿，具体是什么我不清楚，总不过恩怨情仇。所以她死的时候，我还以为是我奶奶的冤魂不散，回来找她了。"

辞夏喃喃着："而且，那个时候我好像也确实感觉到奶奶的气息了……"

"不会是你奶奶。"朱瑾看着窗外，"应该是恶魂本身杀掉了自己的宿主，大概是嫌身体太苍老了。"

"恶魂还能杀掉自己的宿主啊……"辞夏咂舌。

"寄附久了，恶魂和人的意志差不多已经混在一起了，如果贸然脱离的话就像猛然抽掉人的神志一样，自然活不下去。"

"那恶魂现在会在哪儿？"

"不知道。"朱瑾看起来似乎是有点说累了，直起身子来，"你不用急，珍珠项链对于恶魂和珠灵来说就像是母体一样，是提供能量的存在，没法离你太远，更何况恶魂对守珠人天生有杀意。"

辞夏吓了一跳："原来守珠人就是个活诱饵啊！"

"算是。"

辞夏半天无话可说，很久又问："那守珠人是谁选出来的？"

"没有谁来选，上一代守珠人死后，离谁最近就选谁了，磨合一段时间之后就能继续上一代没有封完的任务。"朱瑾回答得漫不经心，

"你奶奶死的时候就只有你在身边吧。"

就这样？辞夏难以置信地瞪着眼睛，就因为这样，所以她就要被迫承受这样的一生？沉默了半天，辞夏最终无力地眨了眨眼："那我奶奶怎么死的……"

"我也……不知道。"朱瑾皱了皱眉。她确实不知道。

辞夏叹了口气，仔细消化了一会儿这段对话，发现自己问题好多，人也很惨。

见辞夏没有别的要问了，朱瑾最后扫了一眼她脖子上的珍珠项链，然后环着手走开了。珠灵为善，所以哪怕她看起来再怎么冷漠傲娇不近人情，也会有恻隐之心。

正常情况下，失去恶魂的珍珠会显示出颜色，朱雀为红，玄武为黑，而辞夏脖子上剩下的两颗为什么会是暗下去的灰色，朱瑾也不知道，不过，一定不是什么好事。

所以朱瑾没有说完的半句话是，从几百年前到现在，没有一个守珠人，活着摘下了这串项链。

Episode.2
夏落秋逢

"这一霎天留人便，草借花眠。"

04. 晚风渐息，星河若隐

辞夏并没有看起来那么豁然。

朱瑾那一晚给她解释了珍珠项链之后，她眼睛肿了好几天，估计是晚上躲在被窝里哭肿的。

其实朱瑾也能明白，左不过一个二十出头的小姑娘，承受了这些还能把自己活成无所顾忌的样子已经十分不简单了。

可是辞夏没有说，她哭泣是因为据说房东奶奶的那个十分不通人情的孙子要亲自回来收房租了，不然就把她赶出去。

甚至下了最后通牒。

可是奶奶说好让她死命守着朱楼的。这个不用朱瑾说她也知道，朱楼对于她来说就是一个结界，可以帮忙保护她。

所以这么多年她就躲在朱楼不敢离开以朱楼为圆心的方圆百里，不过珍珠都是有寿命的，等到这里的珍珠老了黄了，估计就躲不了了。

别没被恶魂弄死倒先被债务压垮了身躯吧……辞夏心慌慌。

沈不周那天淋了雨之后生病了，都好几天了，她再不去看，这塑料友情就维持不下去了。

不过，想到这里，她问朱瑾："沈不周说之前在槐角公园看见过你，珠灵也喜欢听戏吗？"

"不喜欢。"朱瑾语气冷漠，皱起眉。她只不过不知道自己为什么不喜欢沈不周，所以就强行观察了几天，然后发现自己更讨厌戏曲。

辞夏"喊"了一声没再问了，撒着欢去沈院。

沈院和朱楼一个在小镇北一个在小镇西。辞夏跑得马不停蹄，赶过去的时候没想到沈凤仙也在家，估计是沈不周生病了，戏班子也歇业了，不过正好可以让沈不周休息两天。

可沈凤仙却气得吹胡子瞪眼睛的，恨不得让辞夏上台演出。

辞夏毫不胆怯，和沈凤仙正面起冲突："您别是看中了我的天赋，早盘算着让我加入你们戏班子给您拉二胡吧？"

"你？你有什么天赋，话多？"

"话多怎么不是天赋了，能随时随地给您来段 RAP。"

辞夏得意扬扬，冷不防被沈凤仙捶了个脑壳："还 RAP，我看你汤就快要煳了。"

辞夏捂着脑袋，还真有一股煳味钻进鼻腔，她这才记起自己给沈不周熬汤了，于是撒着腿跑进厨房。

沈不周估计烧还没退，说话有气无力的，可还是全力维护辞夏说："师父，这不怪辞夏，她肯定也不想我生病的，她跟你吵架逗我开心呢。"

虽然知道沈不周的意思，可沈凤仙还是气得不行："我跟她吵架你瞎开心什么？难不成你还天天指望我俩年龄差五十岁的人吵架？"

沈不周单纯又傻气，这么一说居然没法儿反驳，可是又解释不清楚，马上就急红了脸。

沈凤仙懒得刁难小孩儿，吹着胡子："赶紧喝药吧，沈院都快七十周年，你现在耽误时间不训练，到时候上不了大剧院，就站一辈子槐角公园。"

沈不周老实点头："那七十周年的时候，师父你会上台吗？"

沈凤仙忽然沉默了，眼神飘远了许多，甩甩手："不唱了，不唱了……"

其实，辞夏一直很奇怪，她奶奶和沈凤仙，一个城西采珠海女，一个城北戏曲红人，两人居然不认识，亏得两家小孩儿都千里迢迢玩到一起去了。

辞夏端着汤出来,心想要是她奶奶还在世的话,说不定还能和沈凤仙来一段黄昏恋。不过,她奶奶脾气不怎么好,估计不来电。要么就是天天吵架,让她没有快乐童年!

沈不周见辞夏小心翼翼的样子像是一只爬行动物,生怕把她烫到了,赶紧过来接过碗。

辞夏捏了捏耳垂,没见着沈凤仙。

还没问便听沈不周若有所思地说:"师父出去了,好像是一个老朋友去世了,师父去帮忙料理后事。"

辞夏不过心地随口接道:"老朋友?"

"就是周奶奶。"沈不周说完,辞夏手却顿了一下:"她跟凤仙爷爷有什么关系啊?"

沈不周也不确定:"不知道,据说是师父以前的小师妹。"

"小师妹?"辞夏十分意外。

沈不周却注意到了她手指上的伤,差点心疼死了:"你怎么又受伤了,之前的还没好吧,为什么老这样……"

辞夏赶紧缩回手,估计是那天被珍珠灼的。大概也是珍珠项链的原因,出现在辞夏身上的伤口,无论大的小的,都无法愈合。

她怕沈不周想多,赶紧解释:"没事没事,你快喝汤吧,我好不容易熬的呢!"

沈不周还想说什么,辞夏已经盯着他碗里的汤了,他喝了一口,她满眼期待:"好喝吗?"

沈不周抿了抿唇，心想辞夏肯定是觉得盐吃多了对身体不好，就没给他放盐，于是说："好喝。"

"看来我做饭简直天赋异禀！"辞夏说完又给他碗里添满了……

沈不周喝完了整锅忘了放盐的汤，一肚子寡淡的水，让他也忘了问问辞夏，她前几天在海边救的那个人怎么样了。

长亭医院。

计绯然从病房给人输完液出来，撞上一名有钱有故事的帅气男医生。

祝安是特地从科室过来堵她的："前几天带回来的病人怎么样了？"

计绯然看起来有点脸红，像是刚吃完火锅还有点余味未尽的样子："甄先生吗，挺好的。人帅有型性格好，我看就是一个宝。"

什么甄先生！祝安盯着计绯然看半天，跟看傻子一样。

计绯然莫名其妙，没见过青春期犯花痴的少女啊！于是开始摆脸。说起来她还暗恋过祝医生呢，在没有接触过之前。

不过青春期的爱情，始于颜值，进而花痴，持续不超过一小时。

"我说的是那个老人。"祝安面无表情。

计绯然毫无尴尬的意思，"哦"了一声，没什么语气，说："昨天晚上就去世了，刚刚沈家老先生带着她孙女一起过来把人带回去了。"

"沈凤仙？"祝安皱眉，"跟他有什么关系？"

"我怎么知道。就这么大点地儿，人跟人认识还要找你备案啊？"

祝安眉头皱得更深了，计绯然态度太差了，他想打人，但是忍住了，想打的人太多了，计绯然得排队。

他又恢复了一贯的死脸："那男的好了吧，好了赶出去。顺便让朱辞夏把之前欠的钱一起补交了。"

朱辞夏已经不止一次往医院送来路不明的病人了，每次都是他垫的医药费，他想打的第一个人就是朱辞夏。

"为什么要赶人走？住院不好吗？"病房里好不容易住一个优质男性，计绯然才舍不得呢。

祝安看都没看她："医院是你家？"

"大不了住我家……"计绯然一个白眼翻了三百六十度，正准备去病房来着。

"等等。"

计绯然停下来，祝安果然故意找碴儿。

"你脸怎么那么红？"

"嗯？"计绯然摸着脸。

"医院禁止追逐打闹，你脸都跑红了，明天交检讨。"他说完没等计绯然有反应就走了，背影又冷又绝，甚至有一种除他以外全员傻子的气质。

计绯然有点莫名其妙，反应过来之后对着这个背影忍了又忍，最后只能在心底使劲诽谤一番。要不是因为病房里的甄先生，她就追上去打死他了。气死她了！

祝安其实就是不喜欢人比他先转身而已。

　　但是这会儿压根儿不知道自己在计绯然的脑袋里已经被打死了，他正拧着眉想着要不要给朱辞夏打个电话。

　　可是上次打电话就发现她给的是个假号，应该是拆迁楼墙壁上印的办证号码，问他是不是想办假结婚证、独生子女证什么都可以办。

　　想到这里，他更生气了，拿着手机生闷气的时候，手机自己先振了起来。和朱辞夏一样的老式按键机，屏幕上小方块组成的字，显示着"大哥"。

　　甄先生甄宥年挂了电话，开始换衣服。

　　其实他也记不起来自己为什么会掉进海里，跟喝酒断片儿一样。

　　最近的记忆是在从菲律宾马尼拉回来的客轮上，遇上了海盗。他记得自己当时正在船头吹风来着，完全没有插手的想法，反而在想一些无关紧要的事情。

　　可睁开眼自己居然就在玉盘镇了，不知道是不是神仙在帮自己省路费。不过，他确实是要来玉盘镇接一个人的。

　　甄宥年没多想。

　　扣上衬衣扣子的时候有人敲门，然后一个脑袋伸进来，是刚刚来过的护士。甄宥年对上她毫不遮掩的目光："有什么事情吗？"

　　计绯然没想到他正在换衣服，虽然没露什么，可还是有点愣，目光从脚开始一路向上对上他的眼睛，腰瘦腿长，眉目俊朗，因为皮肤白的关系，衬得瞳孔更加黑，有点神秘还特别吸引人。

　　她差点忘了自己是来赶人家出院的，不过人家正准备出院呢。

就祝安急！想到他，计绯然就生气。

甄宥年见她半天不说话，好意闷咳了两声。

计绯然终于从仇恨里回过神来，笑得一片岁月静好，说："甄先生，感觉好点了吗？"

甄宥年沉默了一下，似乎是思考了三秒钟，然后十分配合地回："比二十分钟前稍微好了点。"

计绯然这才忽然想起来这个问题二十分钟前似乎问过了。不过她无所谓，所谓搭讪，就要既委婉又直白，用含蓄的语言直白到对方立马就能明白她的居心叵测。

毕竟缘分难等，必须强撑！

可是她正准备继续袒露自己居心有多叵测的时候，有人风风火火地推门而入："年哥，搞完了，可以出院了！"

计绯然十分不悦地瞪着来人。

来人还挺蒙的，才注意到这边还有个漂亮小护士，反应了两秒才打招呼道："哦，你好，我是景茶。"

"警察？"计绯然上下打量了两圈这个人，心想哪有这样的警察？比本人大两个 Size 的 T 恤，黑色鸭舌帽歪在头上，恨不得在脸上写上"嘻哈男孩"几个字。

"叶景茶，景色的景，茶叶的茶。"甄宥年拆穿他，免得他又祸害人，顺便一起解释了，"我朋友。"

计绯然对这几个字并不怎么感兴趣，不过甄宥年这个主动解释的动作在她看来简直是历史性的飞跃。于是，她又把注意力集中到甄宥年身上，边说边准备塞小字条："甄先生出院了可不比在医院啊，有什么问题我都能及时解决，你是过来玩的吧，要不这样，你也不用去住酒店了，我家……"

"她家隔壁是一家破店。"有人打断她，是祝安，宛如一阵风一样走进来，声音冷淡语调平静，一边做查房记录一边巧妙地转移了话题，"店里老板凶神恶煞人品又差，逮着生人就漫天要价，你要是看中了他们家东西可以买，不过……"他看都没看计绯然，直接停在甄宥年面前，"麻烦你买完之后找物价局举报一下她。"

两人眼对眼看半天，心里都在互相打探对方，又或者是较量。

甄宥年心里觉得好笑，沉了沉眸子先移开了目光，低头的时候扫了一眼他的名字，然后说："谢谢提醒，我尽量。"

计绯然莫名其妙，怎么哪里都有祝安！"你放屁"几个字愣是没说出口，她只能赶紧对甄宥年解释："才不是呢！老板就是救了你的那个女孩，人可好了，我有她联系方式，你们可以先私聊一下。"

"救年哥？"叶景茶似乎更在意。

甄宥年却不动声色，眼底有什么一闪而过，说："嗯，有时间我会去道谢的。"

"你有时间也可以直接住我家，近水楼台先报恩！"计绯然非要把这句话说出来。果然，话音刚落几道冰刀子就射了过来。

叶景茶特别鸡贼地帮甄宥年拒绝了："不用了，我年哥跟我住，我们好久没见了，要说闺房话。"

若不是人多，甄宥年一脚就踢他身上了，什么傻子闺房话。

而计绯然还准备争取一下，可这么大病房祝安还特地绕到她面前走出去。

没有表情没有动作，而意思不言而喻。计绯然已经死心了，老实跟在后面，顺便恋恋不舍地朝这位甄先生挥了挥手，告别自己的一段长达二十分钟的暗恋青春。

计绯然走到墙角十分不甘心地扔掉了自己手里的小字条，抬起头的时候差点没吓死，祝安居然没走，还站在正前方，目光不善地盯着她。

"我扔垃圾！"

祝安不屑一顾，跟背诗一样的语气："目的不纯私自给病人塞联系方式并且有不正当的想法，停职一周。"说完掉头就走。

计绯然原形毕露，对着人背影大喊："祝安我祝你大爷！我不干了我要回家！"

人都走了叶景茶还捂着肚子笑个不停，那么漂亮的小护士要给甄宥年塞联系方式他还想婉拒，八成装酷，二成是 GAY。他恨不得觉得甄宥年对自己有意思了。

甄宥年过去踢了他一脚，问："让你找的东西找来了吗？"

叶景茶恍然记起来："你说这个啊？"说着掀起 T 恤。

还好甄宥年早有准备了，任谁看到叶景茶这样都会忍不住打他。

他腰上绑着一圈军用挎包，装着塑料刀、微型木弓、绳索，甚至电动牙刷，反正从奇奇怪怪的武器工具到莫名其妙的生活用品一应俱全，跟要去荒野求生一样。原本穿衣显瘦脱衣有点赘肉的身材被搞成了臃肿肥硕。

他从里面掏出一个密封袋："哪，是这个吧，你爷爷的遗产？"

甄宥年扫了他一眼，他老实闭嘴。那是一部手机，老式按键机，屏幕上还有裂痕。

甄宥年收起来。

叶景茶想起什么，又接着问："年哥，你刚刚偷偷笑啥？"

甄宥年停下来："我笑了吗？"

"嗯。"叶景茶生性鸡贼，早察觉到了，"就是说到救你的女孩的时候。"

见甄宥年半天没说话，抬头的时候差点没被他的眼神冷死，叶景茶于是赶紧改口："我知道了年哥！是不是因为见到我美死了？"

甄宥年斜着眼睛看他，像是不经意说了一句："不是。"

叶景茶老早就习惯了，他跟甄宥年以前读的一个军校，关系还挺好的，打架斗殴出生入死，总之很铁。后来甄宥年肄业了，不知道去了哪里，消失了好几年，估计不简单。

回来之后就开始做雇佣人，接各种人的委托。只要给钱且不违背自己的原则，什么委托都接，因此黑道白道混得还挺开的。

但也因此神出鬼没的，叶景茶难得见他一面，其实是自己心里美死了。

所以甄宥年给他打电话之后，他二话不说就赶过来了，放下自己正在 High 的场子，像个痴情的夜店王子，抛下了自己的皇位，来为美人儿鞍前马后。

叶景茶走在前面，一路叽叽喳喳个没停："年哥，你可赶上好时候了！正好我要去讨债，一开始还怕不好对付，你来了我贼放心。"

"讨什么债？"甄宥年随口问了句。

"就是我爷爷不是有套小洋楼放这儿养老的嘛，一直半价租给一人，都半价了她还欠我家房租，我不讨回来不是人！"

甄宥年懒得管，说："我来接个人的，约好了今天，估计待会儿就走了。"

"啥？"叶景茶心碎了，"你不跟我玩吗？"

甄宥年心想叶景茶是不是个傻子，差点把自己口音都带偏了，就没什么好气："啥什么啥，你哪儿的口音？"

"不行，你事儿办完了不能走！你不陪我去讨债，那人那么痞打死我怎么办？"

"打死你为民除害，我给她颁奖。"

叶景茶说不过忽然灵机一动："你一天赚多少钱，我给你十倍，你陪我……"

话没说完，甄宥年一脚又招呼到他身上了，完了还很若无其事地警告他："建议你以后在墓志铭上写'天性欠抽被打致死'。"

05. 一场小相遇

叶景茶其实并不是玉盘镇的人，他爷爷以前是，后来发财了就搬出去了，房子就留在这里出租。炙手可热的旅游小镇的黄金地段，房租减半就已经天降正义了，对方居然还有胆子欠一年房租。

他一开始还觉得是自己爷爷善良又或者钱多救济贫困人群。彻查之后才知道，爷爷居然是租给自己年轻时的暗恋对象的。当年怕人不接受，还是以别人的名义租的。

要是年轻时的风流债就算了，可这会儿人几年前都死了，居然子孙后代还要消费这段非法爱情，可气死他了。为自己奶奶抱不平！

想到这里，叶景茶准备便装私访一下那个吸血虫，可地图导航了半天也没见着自己家在哪儿。

后来还是问路问的，大妈表情很惊悚："你去那儿干吗？"

叶景茶一看大妈表情这么差就猜到了那只吸血虫人品一定贼差，他开心死了，说："我去为民除害。"

大妈也开心，拉着他说东说西。

叶景茶没怎么听，用自己的话总结一下就是她们家会妖术害人。

可以，很迷幻。叶景茶说了谢谢就走了。

原来叫珠满西楼，他给年哥发了短信。

甄宥年来玉盘镇只不过是接了一个朋友的委托，替他接表妹。至于那朋友为什么要花那么多钱请他来接一个人，他也不清楚，反正收了人钱替人做事，只要不违背自己的原则就成。

他坐在车里，看着有女孩从前面第二间屋子里出来，推开门的时候带走了被风吹走的挽联。她看都没看一眼，径直朝着甄宥年的车走过来。

甄宥年听到手机响了一声，没有管。

然后有人打开车门，坐进来，甄宥年看了一眼她惨白的脸色，还有眼睛下一圈黛青色，问："没什么东西要带？"

她摇头，许久拿出纸笔，写：我想再留几天。

甄宥年看了一眼，说："我倒无所谓。但是，我接受周先生的委托来接你，所以要看周先生的意思了。"

她又写：哥哥那儿……我来说。

"行。"甄宥年说完，看着前面过马路的老人，步履蹒跚，忽然问，"你奶奶去世了你哥哥知道吗？"

对方显然没想到他居然知道这件事，不过也没什么好惊讶的，街头巷尾都知道，所以很快便镇定下来，摇头，写：请你不要告诉哥哥。

甄宥年垂着眼睛，笑了一声，故意问："那你奶奶怎么死的？"

见她没作声，他又故意补充："我听说在街口，眼睛……"

被鸟啄了眼睛。她慌张写完便收了记事本准备走了，可是刚碰上门把，甄宥年却又叫住了她："周小姐。"

他像是故意似的，说话放慢了许多："如果我没记错的话，周先生也是被鸟伤了眼睛吧。"

周小姐握着车门的手紧了下，甄宥年的目光移向她的侧脸，然后笑："你不用紧张，我就是提醒你注意安全。"

她侧头看了甄宥年一眼，然后推开车门，小跑着离开。

甄宥年也挺奇怪的，从她写字的速度和笔迹就可以看出来她情绪变化很大，至于为什么，他也搞不明白，所以就随便问了几个问题，这会儿看来好像吓到人了。

他拿出手机，看了一眼叶景茶发来的短信。

珠满西楼？

珠满西楼关门好几天了，虽说关不关门都不会有人上门，但是辞夏觉得最近诸事不顺，还老打喷嚏，不是有人背后骂她，就是估计朱楼老不营业她奶奶泉下有知坐不住要起来打她了。

而且房东好像是今天就回来了，说是有话说，该不是要赶她出去吧！她担心死了，一整天都心绪不宁。

辞夏生怕房东看到生意萧条的真相，赶紧出门挂上营业的招牌，刚好碰见隔壁准备出门上晚班的计绯然。

打过招呼后，辞夏想起什么来，问："那个，没事吧？"

"你说叫甄宥年的那位先生？"计绯然说，"早出院了，没来这里吗？他还问过这儿呢。"

"问这里？"

计绯然神秘兮兮："千里姻缘一线牵，我看得备份子钱。"说完跳上小电动哼着歌走远了。

"要结婚了？"

辞夏吓了一跳，回头看朱瑾："你怎么不出声啊，吓死我算了。"

"我出声了。"朱瑾问，"既然要结婚了就赶紧处理好恶魂的事，完了就去结婚吧。"

"你瞎说什么呢，我跟谁结婚啊？我书还没读完呢，等我摘下珍珠项链了我要回去读书！"

朱瑾大概真的有听不见人说话的设定，她说："恶魂现在换了新的宿主，应该需要磨合一段时间，你也就能安宁几天，珍惜点。"说完就走了。

虽然朱瑾这人本身很气人，可光背影都婀娜多姿、风韵犹然，她看了都心动。

所以，真的很难对好看的人发脾气了。朱瑾走了半天，她在原地回味了半天。

颜控的喜怒哀乐可真是太容易掌控了。

辞夏一边感慨着一边回过头，一道巨大的阴影罩过来，她下意识手一抖，才看清是个人。她把来人从头到尾看了一圈，两个字脱口而出："胖虎？"

"什么胖虎？"

叶景茶进来半天了，甚至看这女孩不知道对着什么发了半天呆，还以为是个傻子。而且这开口一句胖虎就喊得他很不开心。

"什么胖虎?"

这个时候的他还不知道,从这一刻开始,就鲜有人再叫过他引以为豪的大名了,胖虎这个称呼伴随了他一生。

辞夏这才觉得自己可能有点不礼貌,可是这身黄底黑条纹的衣服以及头小身子大的比例,还有这狐假虎威的凶神恶煞,可以说是胖虎本人了!

虽然长相比胖虎秀气多了,可是如果唱歌是一个样的话,那么就是胖虎无疑了。

辞夏忍住笑,慌忙摆手道歉:"对不起对不起,我认错人了,您是来买珠子的吗?"

"你是这儿老板?"叶景茶本来就是来欺负人的,这会儿故意装凶,语气不善,"怎么看起来像个打杂的?"

"差不多,老板员工都是我。"

叶景茶四处看了一眼,指着离自己最近的一个红外线玻璃柜:"什么玩意儿装得跟文物似的?"然后眯起眼睛开始数上面写了多少个零。

辞夏看着他,被这个傻子逗得乐死了,笑:"数完了吗?"

叶景茶数完了心里大吃一惊,等一下,好像没数清!

他不好意思再数一遍,而且卖这么贵还没钱交房租,八成是钱都被拿去夜场消费了。

想到这里,叶景茶语气又狠了几分:"你会不会做生意,是不是被金钱蒙蔽了双眼,有卖这么贵的珠子吗?"

辞夏心想又不是我乐意的，于是说："有啊，这不是嘛。这里都是这个价位，您要是买不起想摸一摸的话也不是不可以。"

"摸哪儿？"

迪厅王子叶景茶玩耍流氓这一套还是信手拈来的，他从头到尾打量了一番这位小姑娘，说实话还挺对口的，而且看起来不坏。

正得意扬扬的时候却冷不防被踢了一脚。辞夏瞪着眼睛看他："你别是来耍流氓的吧？"

叶景茶没想来耍流氓，也没想到这姑娘看起来瘦弱不堪，没想到才两回合这就动手了，而且还学甄嬛年踢他！

他受不了这个委屈，暴跳："你这人怎么这样？顾客是上帝，有你这么对上帝吗？"更何况他还是这里的主人！

"你扪心自问你是顾客吗？"辞夏说着已经举着棍子要打人了。

叶景茶秒怂，一边往后退一边警告人："你别动手啊，你动手我就叫人了，我后台贼硬了。"

"叫吧。"辞夏心想我也叫人，可是又一想自己顶多能叫个沈不周过来，还是算了，就想着把胖虎赶出去算了。

不过又一想，现在不一样啊，现在有朱瑾！

可是，刚准备喊人，只见门口一辆车停下来。

是房东奶奶。虽然朱楼空了两层，可是房东奶奶常年住在别的城市，偶尔会回来看看，这次回来好像也是有什么事情要讲。

叶景茶看了一眼，得意扬扬地环起手，说："小老板，现在哄我还来得及。"

"你是不是个傻子？"

辞夏话音刚落，房东奶奶惊慌着跑过来，朝着叶景茶说："小少爷，你怎么先来啦？我还准备早来点跟辞夏打声招呼，你怎么比我还早到？"

小少爷？

辞夏眼睛瞪得圆圆的，看着叶景茶："房东奶奶，这是……"

"你的房东爷爷。"叶景茶恨不得用鼻孔看人了，大摇大摆走进来，辞夏拦都拦不住。

房东奶奶拉着辞夏的手，说："本来想好好跟你说，让你有个心理准备的，现在看来我就不该瞒着你这么多年。"

"什么啊？"辞夏莫名其妙有一种被卖了的感觉。

房东奶奶叹了口气，拉着辞夏进屋坐下来，然后絮絮叨叨地解释："小少爷就是我之前说的孙子，不过我没福气，没有这么好的孙子。"

"什么？"辞夏听不明白。

"其实这房子不是我的，是小少爷的爷爷的房子，当年想租给你奶奶，怕你奶奶不接受。恰好我跟你奶奶在镇上关系好点，就以我的名义租了。现在……"她说着，看了一眼叶景茶，"小少爷要回来住一段时间，你俩可要好好相处。"

辞夏一时有点理不过来，是不是自己没睡醒？

她摇了摇头，眼前有什么一闪而过，差点没站稳。

房东奶奶并没有察觉到她的异样，继续说："小少爷虽然喜欢胡来，但人挺好的，也是刀子嘴豆腐心……"

"谁刀子嘴豆腐心，我对美女才豆腐心，对黑心老板钢铁齿轮心！"

辞夏觉得自己已经压根儿听不见他们在说什么了，只看到房东奶奶的嘴唇张张合合，然后头昏眼花的……她摇了摇头。

老太太察觉到什么，立马紧张起来："是不是哪里不舒服了辞夏？"

辞夏也说不上来，只觉得胸前的珠子忽然一阵灼热，贴着皮肤的地方便跟火烧一样难受。

她摇头："没事，我……估计是困了，我先上楼睡会儿。"说着挣开老太太的手便摇摇晃晃地上了楼。

叶景茶莫名其妙，问："她不会是生气了吧……"

老太太摇了摇头，表情忽然变得有些惆怅："小少爷，辞夏已经很苦了……你就不要再闹了……"

叶景茶也觉得自己是不是有点过分，恰好电话响了起来，是甄宥年，好像是已经到这边了。

06.这一霎天留人便，草借花眠

辞夏还真跑楼上睡了一觉，又做了自己被狗吃掉的梦，狗一点一点撕裂她的血肉和骨骼，然后叼着她的小腿骨跑到一个人的脚边……她看不清那人是谁。

　　她猛地醒过来，才发现自己出了一身冷汗。其实也没什么，从五年前到现在已经不是第一次做这种梦了。

　　所以心理上倒是很习惯了，生理上她也控制不了自己。

　　她走到窗边，天已经黑了，整条街的灯光由远及近次第亮起来，陌生的车从街口驶进来。

　　一阵风吹过，带来些许凉意，还有阵阵鸟鸣。

　　辞夏晃了晃头，眼前忽然又出现了房东奶奶的脸，而这一次房东奶奶左眼处却有一个巨大的窟窿，汩汩地往外流着血。

　　忽而鸟鸣刺耳，划破了夜色，辞夏心里一沉，这才反应过来自己刚刚看到的是什么意思。

　　"房东奶奶！"

　　辞夏几乎是飞下楼的，刚走到楼梯口，便看见站在门口的房东奶奶还有叶景荼，大概是意识到她下来了，两人同时看过来。

　　只见一只鸟扑棱着翅膀朝着房东奶奶飞过去，辞夏认出那只鸟了，半梦半醒间缠在自己眼前的，那个时候停在窗台上的。

　　这个时候宛如一支离弦的箭，细长而尖锐的鸟喙朝着房东奶奶的左眼啄去。

　　"奶奶！"辞夏冲过去，与此同时，看见从角落的阴影里凭空出现的红色人影。

　　朱瑾？辞夏来不及细想。

　　推开房东奶奶的同时，她只能试图用胳膊挡住那只鸟。可是下一秒却被一股巨大的力道拉开，靠在一个陌生的怀抱里。

　　辞夏无暇顾及是谁，所有的注意力都在那只鸟和朱瑾身上，只见朱瑾宛如一只燕子侧着身体踩上围墙，一跃而上，一眨眼，只剩两只鸟，互相扑棱着翅膀飞远。

　　"朱瑾？"不过短短几秒钟的时间，辞夏眼前蓦地一黑，然后是一阵玻璃破碎的声音，砸开了梦与现实。

　　辞夏看着地上破碎的玻璃愣了许久，又抬头看了眼二楼残缺的窗户，仿佛刚刚的事情只是幻觉，而事实只是玻璃掉下来差点砸到人。

　　房东奶奶抚着心口："辞夏，你没事吧……差点吓死我这个老骨头了……"

　　"鸟呢？"辞夏喃喃。

　　"什么鸟？"

　　"小老板？"

　　两道声音同时响起来，辞夏恍然回过神来，才注意到："胖虎？"

　　而此时自己的手正紧紧抓着一个人的手臂，衣服上的褶子渐渐松开。她咬牙，不行了，太痛了……

　　胸口珍珠项链上的灼热感已经越来越强烈，她现在整个人都仿佛被火烧一样，只觉得心脏一阵抽搐。

　　松开的手又重新抓回去，她紧紧攥住那只坚硬的胳膊，另一只手抓着项链，指甲几乎要嵌进肉里。胸前的皮肤被自己抓得血肉翻开来，甚至连呼吸都是带着火星子般。意识渐渐散去，仿佛有谁在喊她。

"辞夏！"

"小老板……"

"小珍珠？"

最后一丝光从眼缝里泄进来，她看见地面重叠在一起的影子宛如龟裂的土地一般被分割开来。

月光顺着那些缝隙汇聚到胸口的位置，凝成了一颗一颗皎白的珠子，那串项链居然就这么从一片影子里分离了出来。

四颗，赤、黑，还有两颗仿佛是灭了灯的灰。

甄宥年看着怀里的人，她从楼梯下来的那一瞬间就注意到她不对劲儿了，而且很明显她脸上的焦灼比上面的玻璃碎的瞬间更早一点，仿佛预知。

现在她似乎是因为疼痛失去了意识，全身红透，像是一只煮熟的小虾子一样，蜷缩在他怀里。

唯一的意识便是朝他怀里钻，还有仿佛游走在密密麻麻的雨丝里的一丝云雾的声音："奶奶……求您，别烧了……别烧了……"

甄宥年心里一紧，捉住她乱抠的手，指甲钳进手心。他轻声说："好了，不烧了。"

辞夏还在无意识地呢喃着，脑袋蹭来蹭去。甄宥年腾出另一只手替她擦去眼角的泪，说："小珍珠，有人来救你了，乖一点。"

一用力，他便将她打横抱起来。

辞夏小时候经常会做一种梦，梦里仿佛有深渊，叫嚣着要拉她进去。一开始，她还会挣扎，于是便是整夜不得安眠。后来就放弃了，她选择了坠落，哪怕是无尽深渊，也随它坠落，这样反而有更好更深的梦。

可是，现在有谁拉着她，终于有人拉她了。宛如行走在烈火间，遇到一泓凛冽的冰泉，她只想再近一点。

他说："我来救你了。"

梦里的辞夏长舒一口气，眉心渐渐被抚平。

耳边传来一阵声音，像是梦一般，轻盈的旦声，悠长的戏腔，唱着："袅晴丝吹来闲庭院，摇漾春如线，停半晌，整花钿，没端菱花，偷人半面，迤逗的彩云偏，步香闺怎便把全身现。"

"这一霎便天留人便，草借花眠。"

她看见槐角公园的戏台子，有人站在上面唱着曲子，下面围满了观众，可台上的人就看着一个人。

"每一张照片都有你。"

"哪里？"

"我的视线落地，便是你。"

男女细碎缠绵的笑声重叠而起，次第而落。

有人喊，沈小先生。

……

沈不周常说，想像师父一样，能看到戏台子下面围满人的样子，辞夏没想到这样的梦还能替人做。

沈不周有一天，也会有数不清的观众。而朱辞夏也会有一天，能被人喜欢，真好。

······

最受到惊吓的可能是叶景茶了，本来想以新房东的身份吓死朱辞夏，却没想到差点把自己吓死。

小老板看起来不是中邪了就是身有隐疾，他一想，要是身有隐疾的话，以后他俩相处不愉快，小老板把隐疾传染给他了怎么办？

怎么想都觉得很愁。

甄宥年把辞夏放在床上，刚准备抽开胳膊，却被怀里的人抓得更紧了。他看着她额角被汗打湿的一缕小呆毛，心里不免一软。

叶景茶使劲儿在旁边酸："年哥，你别走了，我觉得小老板好像抱着你的时候舒服一点。"

然后下一刻，床上的人十分不知好歹地说了一声："沈不周，你开不开心……"

叶景茶愣了一下才反应过来沈不周可能是个人名，然后看着甄宥年立马沉下来的眼神，张着嘴笑："哈哈哈哈……"

最后一个哈被甄宥年一脚踢没了。

房东奶奶端着水进来，走过来给辞夏擦汗。甄宥年刚准备让开，房东奶奶却说："就坐下来吧。"

甄宥年犹豫了一下，在床边坐了下来，床上的"小狗"还自己往他这边滚了一点。

叶景茶刚准备再酸，却被甄宥年给瞪反了，只能委屈地嘟哝："又不是我让你不开心的……"

房东奶奶一边替辞夏擦汗一边说："已经不是第一次了，以前经常会这样，不过辞夏乖，总把自己关在屋子里，疼一晚上，然后第二天又没事儿人一样蹦蹦跳跳跑出来。"

"新伤盖着旧伤，就没见她身上这块皮好过。"老太太擦到她的脖子处，声音和动作一起放轻，血渍一点点染红了毛巾。

甄宥年没有说话，叶景茶也识趣地先出去了。

身上的温度终于退了点，辞夏迷迷糊糊地睁开眼缝，那个人的样子随着皎白的月色一起倾泻进来。

坚毅的下颌，深锁的眉心，还有一双很深很黑的眼睛。

一直到下半夜，甄宥年才能抽身离开。出去的时候，房东奶奶叫住了他："甄先生。"

甄宥年停下来，老人说："谢谢你。"

"不用。"

"之前遇到很多人，见到辞夏这样基本都是害怕或者是觉得晦气，然后门没进就离开了。以前觉得他们过分，现在想一下，或许一个人有多好，只会有一个人配知道。"

说到这里，老人停了一下，眼睛里蒙蒙的一片："既然这一次是你走进了这扇门……"

她说："请你，一定，一定，不要再留她一个人。"

07. 也许此去经年，或有长相思

辞夏醒过来的时候已经是第二天早上了。

这一次，她居然好端端地躺在床上倒真让她有点不适应，以前都是睡在地上的。她回忆了一下，许久断片的记忆才回来。

可是第一反应是朱瑾！

是不是恶魂已经出现了？还有房东奶奶……辞夏飞快地从床上下来，刚开门便撞上来送早餐的房东奶奶，紧绷的弦终于松了点："房东奶奶，您没事吧？"

"这话该我问你了吧。"房东奶奶无奈，进了屋，"我没事，幸好你反应快。你也要谢谢甄先生，只顾着我忘了自己，还好甄先生拉住了你，不然脑袋得开花。"

"甄先生？"辞夏有点想不起来了，不过对自己昏过去之前的那个怀抱还是有点印象的。

"坐了半晚上，这会儿估计还没起来。因为我东西还没搬走，他和小少爷没住这里，就住在对面不远的酒店。晚点，你可得去谢谢人家。"房东奶奶说着放下早餐，苍老的脸上深纹密布，犹豫了许久，欲言又止的话最终化成一声叹息，又交代了几句不相关的话便出了门。

人一出去，辞夏便开始发癔症。

她侧着头，看了一眼自己的手心，上面好像还有不属于自己的温度和触感，而这种奇怪的感觉在手心长出了触须，挠得心痒痒的。

她看向窗子外边，也不知道自己怎么走过去的，只是拉开窗帘的一瞬间，他的身影就隔着长街映在了玻璃上。

辞夏盯着他看了两秒，这两秒里脑袋里一片空白，所以她觉得，接下来的所有动作不过是潜意识的驱使。

是人最本能的反应。

甄宥年正在喝水来着，见到她的一瞬间差点没呛到。他确实没想到她会忽然拉开窗帘，更没想到不过五分钟的时间就有人敲自己房门了。这气势汹汹的声音八成是她没错了。

他不慌不忙，拳头握在嘴边闷哼了两声，收回了嘴角的笑意。

打开门的一瞬间，辞夏举着的拳头差点没捶到他胸口。

不知道是开门开得太突然，还是辞夏这个时候才如梦初醒，她看着甄宥年带着困惑又静如深潭的眼睛，一肚子的话争先恐后，到嘴边只剩一句词不达意的"嗨，你好"。

甄宥年微不可察地勾了眉尾，然后配合着一本正经地回道："嗯，你好。"

可是接下来就陷入了僵局。辞夏眼神匆忙，从一个墙角移到另外一个墙角，完全不知道自己在干什么。

刚刚脑袋发热，现在热度退了，理智主导着整个大脑，而理智告诉她怎么也不应该出现在这里。

辞夏思来想去，灵机一动，从口袋掏出一条珍珠手串，说："我们店搞促销，家家户户共逍遥，这个送给你逍遥一下。"

她送完就跑，还顺手探身进去拉住门把，不等甄宥年说话就"啪"的一声关上门。

长舒一口气。

可是，手没来得及拿开，这门把已经有了要向下的趋势。

一把锁的两端，两人的温度顺着这冰凉的金属传递到一起。辞夏觉得心里有什么炸开了花。

眼看着里面就要打开了，辞夏慌忙拉住，力气大也不是没有用处的，可她也不知道自己现在在干什么，总之，先死死地拉住门不让他出来就行了。

甄宥年在里面十分无奈，看着手里的珍珠手串有点想笑，还是粉色的。他掏出电话，接通后说了几个字："醒醒，没醒也行，闭着眼睛从你房间走出来。"

辞夏跟里面对峙得正起劲儿呢，身后冷不防一道没睡醒的声音吓死人："你在干吗？"

辞夏一惊，回过头。

叶景茶揉着眼睛，似乎才看清是她，眼里瞬间清明了，说："咦！小老板，你在这里干什么？我年哥……"

辞夏赶紧打断他，从口袋里面随便摸了一条手串送给他："祝您生活愉快。"说完趁着门还没打开赶紧溜了。

甄宥年出来看到的便是一个仓皇而逃的背影。

叶景茶真是刚睡醒有点反应不过来，一出门看见小老板脸红红地站在年哥门口，而后年哥一副无奈又宠溺的笑容，昨天晚上他走了之后发生了什么不可描述的事吗？

想到这里，叶景茶觉得自己的世界已经开始崩塌了，十分不可思议地指着甄宥年："你……你们……"

话没说完，甄宥年的电话响了起来，瞬间收起脸上的柔和。

那边的周先生说："明天就可以走了。"

"明天？"

"有什么问题吗？"

甄宥年顺着窗口看了眼对街的朱楼："没有。"

冲动消耗的不仅仅是情感和热血，估计还有体力。辞夏这会儿跟被吸干了精气一样，有气无力地坐在街旁的凳子上，思考着自己到底在干什么。

人在溺水的时候，会想拼命地抓住手边的浮木，这是求生欲。

可是辞夏觉得这对自己来说并不是什么好事。她一直以来都标榜自己足够坚强，可以应付所有。

可是对浮木的过分依赖无异于是告诉她，她这么多年自以为是伪装坚强堆砌出来的城堡壁垒不过都是纸做的而已。不管是一场雨一场大火，任何风吹草动狂风过境，留下的便是一片废墟。然后废墟里那个抱成一团躲起来的小小的她就会被轻易地发现。

这是一种很危险的信号。

她要遏制，要适可而止。

辞夏最后望了一眼那扇窗口。

烦死了！

朱瑾站在朱楼门口，微靠着那张木质的牌匾，远远地看着对街人来人往中的辞夏，微微皱眉。

搬家公司的车停在朱楼门口，车轮扬起的灰尘让朱瑾更加不悦了。她转身准备进去，恰好撞上正从里面出来的房东奶奶。

老人毫无防备地撞上对面的人，而抬头看清人的一瞬间目光却停滞了，混浊的眼眶里迅速凝起一丝雾气，半天也说不出一句话来。

朱瑾皱着眉，毫不遮掩自己的情绪，说："我叫朱瑾，朱辞夏的客人。"

房东奶奶大概是意识到自己的失态，擦了擦眼睛说："不好意思啊，我是辞夏以前的房东，只是觉得你很像我的一位故人。"

朱瑾看了她一眼，什么话也没说准备进屋。

"朱……小姐。"房东奶奶忽然喊道。

朱瑾停下来。

等了很久，老人看着这道背影，视线越来越模糊，蹒跚着步子走过来，递给朱瑾一个厚重的信封，说："朱……小姐，你应该是辞夏的朋友吧。这个……是辞夏奶奶的东西，我保管了一辈子，现在……就麻烦你交给辞夏吧。"

朱瑾垂眼接了过来，老太太却一直都没有松手。

朱瑾微微不耐，抬眼。老太太眼里泪光闪闪，她说："想必你也知道了吧，那串项链的事情。"

朱瑾没说话，老太太便继续絮絮叨叨地讲："那是辞夏奶奶给她的，虽然我知道的不多，只知道那串项链总是带来一些不好的事情，辞夏经常痛得死去活来的，可是那项链却摘也摘不下来……我不知道那里面有什么东西，也不知道要怎么做，从头到尾都没帮上她们什么忙……后来我搬出了玉盘镇，知道的就更少了，偶尔回来看辞夏这孩子总是朝气蓬勃的样子，所以我都快忘了那串项链……可是……"

"没什么可是，都是自己的命，既然选择了活下来就别想着要别人帮忙才能做到。除了自渡，他人爱莫能助。"朱瑾冷言冷语，"你给了她这么一个住的地方就已经仁至义尽了，没必要觉得亏欠什么。"

老太太看着朱瑾，张了张嘴，半晌才发出声音："你真的不是……"

"不是。"

朱瑾不知道房东奶奶想说谁，即便真的是房东奶奶说的那个人，那也是以前的事情了，她既然选择了舍弃过去成为珠灵，就没必要再想起来。她没有再说话，转身离开。

老太太看着那道清冷的背影消失在自己的视线里，留恋地最后看了一眼这个地方，"珠满西楼"几个字是辞夏奶奶当年自己写的。

旁边还有一个小的木牌，写着十个字：不是有缘人，不进朱楼门。

"不是有缘人，不进朱楼门……可朱楼门前走一遭，恍然十年不觉晓……"她上了车，发动机的声音碾碎了飘浮在漫长时光里的记忆。

老了，记不清了。

有那么一瞬间，房东奶奶觉得朱瑾就是那位故人，实在是太像了。

可是，怎么会呢？她擦了擦眼泪。

辞夏耷拉着脑袋回来，还没进屋就看见朱瑾坐在收银台那边，细白如削葱的手指撩拨着木盘里的几条珍珠手串。

她愣了一下，脑袋里乱七八糟的东西暂时被放在了一边，赶紧跑过去，声音比喘息都急："朱瑾，你没事吧！"

朱瑾目光缓缓："没事。"然后选了一串戴在手上，大概是又觉得太丑了，眉心微蹙，尽是不满。

这些都是辞夏自己亲手做的手串，手艺比不上奶奶，但是心意不轻，所以最气别人看得太轻。

可这会儿一肚子问题就没计较，她搬了凳子坐在朱瑾旁边，急急地问："昨天是怎么回事？恶魂抓住了吗？"

朱瑾似乎实在忍受不了这几条手串，取了下来，看着辞夏，一个问题都没有回答，反而问："房东是你奶奶？"

"嗯？"辞夏愣了一下，"不是啊……那就是房东奶奶啊……"

"那你为什么叫奶奶？"

"啊？"

"昨天晚上的时候。"

辞夏记起来了，看见那只鸟要扎眼睛的时候，情急之下确实直接喊了奶奶，可是这有什么问题吗？相比之下难道不是她问的问题更关键吗？

而朱瑾这会儿才记起来回答问题："没有。"

"嗯？"话题转换太快，她在说什么？

"恶魂，可是我没有抓住她，单凭我自己是抓不住她的。"

"那……怎么办？"辞夏迷迷糊糊的。

朱瑾说："还记得我跟你说的吗，珠灵和恶魂的本体就是从这串项链的朱雀珠里分离出来的两颗珍珠。"她揉搓着耳垂，"不是要结婚吗？"

"哈？"辞夏完全搞不懂朱瑾的脑回路，感觉有代沟了，"我什么时候说要结婚了……"

朱瑾依旧听不见她在说什么似的，自顾自地说："时间没有很多，如果你想早点摘下这串项链，就不要在这颗珍珠上消耗太多，尽快找到另外一颗恶魂珠。"

"而且，"她想到什么，补充道，"你要知道，朱楼里的珍珠能给你一定的庇护，所以只有在玉盘镇你才能比较顺利地打开珠界的门将恶魂封印，如果恶魂出了玉盘镇，你是处于下风的。"

"就像你奶奶一样。"朱瑾看向她。

辞夏愣了一下，她奶奶确实是在玉盘镇外死的。

"你的意思是，我奶奶是被恶魂杀死的？"

"这不是我的意思。"朱瑾确实不知道辞夏奶奶怎么死的，"我的意思是，恶魂这次走了，你可能只能再等半年，恶魂到极限之后会回到你身边，从这串项链汲取能量，而这半年内你只能继续被梦魇和疼痛折磨。"

朱瑾说完便走了，留下辞夏在原地发癔症，不知道在想什么。

下午的时候，外面忽然下起雨来，空气里混着湿漉漉的腥味。

辞夏坐在门口，撑着头看着雨滴淅淅沥沥地落在地上，地面的积水被打乱了阵脚，变成钴蓝色，雨便停了下来。

辞夏懒得抬头看，心想估计是自己这个样子像个乞讨者，有好心的游客路人过来扔人民币了呢。

"求求你可怜可怜我吧……"辞夏懒洋洋地配合，声音闷在嗓子眼，甚至不知道是不是自己发出来的声音。

"是挺可怜的。"一道声音从头顶落下来，眼前蓦然出现一个塑料袋，辞夏猛然抬头。

甄宥年长身玉立，撑着伞的手骨节峭冷，下颌线流畅清晰，然后是微微向上的嘴角和深色的眼睛。

辞夏眨了眨眼，没有反应过来。

目光又移回到眼前的袋子上，里面装着两盒冰激凌，塑料袋的内壁沾上细小的水珠，好像在心室内壁也附上了水珠一般，然后顺着滑下来，痒痒的。

"坐地上睡着了？"甄宥年见人没反应，又问了一句。

下一刻，辞夏便用行动证明她有多清醒了，她从地上跳起来，两步跑进屋子里，然后转过身子，两手扶着门，随时要关的样子，说："你怎么来了？"

甄宥年低着头，笑了一声，解释得很到位："你送我东西了，礼尚往来，我请你吃冰激凌。不过现在下雨了，有点凉，冰激凌吃不了，要不过来看看小珍珠，你都促销派送了。"

他做做样子往里看了看。

"不行！"辞夏拒绝，开始乱扯，"今天不营业。而且，我们本就不认识，什么礼尚往来促销派送啊，路上发传单的你还要送她一朵花吗？"

"……"

"朱辞夏。"沉默半天，甄宥年忽然喊她的名字。辞夏只觉得心头一热，莫名地对这个声音喊出的这个名字有了眷念。

甄宥年问："你不认识我？"

朱辞夏摇头。

"真不认识了？"

朱辞夏使劲摇头。

甄宥年可劲儿叹气："那就从近一点的回忆吧，我叫甄宥年，你在海边救起来的那个人，昨天晚上把你从地上抱到了床上，你刚刚还主动找我去了。"他垂眼，"所以现在说不认识不觉得有点晚吗？"

"我忘了。"辞夏理直气壮。

甄宥年心里想笑，问："那你为什么敲我的门还送我手串？"

"随机抽选一名幸运观众进行促销大派送。"

"为什么看见我就跑？"

"人群恐惧症。"

"见所有人都跑？"

"看心情。"

"我昨天晚上抱你了。"甄宥年痞不过，索性开始不要脸。

辞夏这回不说话了，就抠门板。

甄宥年继续说："你还往我怀里钻，抱着我胳膊不撒手，我差点因为血液流通不畅截肢了，回去冰敷了好久……"

"你……"辞夏才不会被骗呢，心软也根本不可能。

她咬咬牙，铆足了火力，说："你出去。"

可是人压根儿没进来。甄宥年四处看了眼，大概也是这么个意思，没进去怎么出来。

辞夏都快要妥协了，甄宥年看了眼手里的东西："这么一会儿冰激凌都化了，你还不化呢……"

辞夏看了眼他手里的袋子，于是狠狠心，"啪"的一声关上门。

甄宥年一愣，这么绝情？

他又问："真不认人了？"

辞夏觉得自己心里乱糟糟的，压根儿不知道从哪里开始整理起，于是瞎说："还不是因为你老跟我提冰激凌！"

外面沉默了许久，辞夏以为甄宥年已经走了，却听见他的声音，在这一刻忽然变得格外温柔："我也不知道为什么，但是觉得生死之间，好像是因为一点冰冰的味道，活了过来。"

辞夏觉得脑袋里有什么东西忽然炸开了，那天的感觉瞬间从已经消失的记忆里复苏过来。

很凉，很咸，很要命的一种感觉。

辞夏打开门，穿堂风裹挟着甄宥年的身影扑面而来。

凉风有信，时隔五年之久。

辞夏鼻子一酸，扑上去，搂住他的脖子，声音委屈又可怜："甄宥年，你太过分了！"

甄宥年蒙了一下，一时之间闻到的全是她身上柔软的香味，刚刚还不理人，现在又主动扑过来，算不算欲擒故纵了？

甄宥年无奈，声音落在她的头发上："好久不见，小珍珠。"完了又说，"好像长高了。"

08. 断肠字点点，风雨声连连，似是故人来

朱辞夏很久以前就认识甄宥年了，虽然不是什么美好的回忆，但

是也不算太差。

那还是五年前，辞夏和奶奶一起出远门，现在想起来，奶奶那个时候大概就是去封魂的。

不过那时候她才十五岁，什么都不知道，以为奶奶是带她出去玩的。

回来的路上奶奶就出事了，就在当时住的小旅馆里。

奶奶死得很惨，身体一点一点地腐烂，像是被看不见的东西在慢慢吞噬一样，直至尸骨无存，只剩一摊血水和一串珍珠项链，一片赤红中珍珠晶莹无瑕。

辞夏目睹了这一切，来不及发出惊叫，人就已经吓晕过去……直到后来，一切都平静下来的时候，她才发现那串珍珠项链不知道什么时候被什么人戴在了她的脖子上，而且……再也取不下来了。

她的耳边一直回响着奶奶临死前的声音。

奶奶说："回朱楼，守着朱楼。"

一个十五岁从来没有经历过什么大起大落的小姑娘，看着自己奶奶以极其残忍和恐怖的方式死在了自己面前，还被迫戴上了一串取不下来的珍珠项链。

辞夏根本没法接受，她把自己关在旅馆的柜子里两天，出来的时候不得不接受这个事实。

人没了就是没了，被吃了就是被吃，她甚至不敢报警，因为奶奶在出发前曾再三叮嘱她如果发生什么奇怪的事，只要记得奶奶曾告诫过她的话就行。

奶奶没有和她说报警，只是在一声声地叮嘱她回朱楼，守朱楼……

从那个时候开始，她学会了怎么在绝境里，把自己扔进更深的深渊里。

她出了旅店的房间，关上门的那一瞬间刚好碰见从对面房间出来的甄宥年，他看了她许久，问："你……没事吧……"

她抬起头，两天没有哭，这会儿却止不住地号啕大哭起来。

然后晕了过去。

醒过来的时候，她躺在当地的医院里，医生护士们都在讨论当地某无照旅馆发生的一桩离奇的命案，人都不见了，只流了一屋子的血，还有一个被吓傻了失去了记忆的小姑娘。

最终好像是不了了之，只有辞夏记得，那不能解释的诡异和恐惧，只要想起，她就会觉得心口好像有一个窟窿，在一点一点腐蚀旁边的血肉，直到整个心脏都消失不见，坠入深渊。

那些天除了警察和护士，没有其他人来找过她。她看见甄宥年来了，手里拎着吃的。

他悄悄问她："你叫什么名字？"

她张了张嘴，却发现自己发不出声来。

甄宥年笑笑，看着她脖子上的项链，说："那就叫你小珍珠吧。"

他说："我叫甄宥年。"

她只是看着他，不说话也不动，更没什么表情，像一块冰。

甄宥年只能无奈地笑笑，就那么安静地陪她一起坐着。

在昏天暗地中，她不知不觉地对每天来看她照顾她的甄宥年产生了依赖，哪天没看到他都觉得浑身不对，护士们可怜这个忽然孤苦的孩子，也睁一只眼闭一只眼任甄宥年在非探视时间过来。

离奇的命案最终无解，以悬案的形式尘封在档案馆的角落，每天的八卦和新闻洗刷着人们的生活，这一桩诡异案件也随着时间悄悄淡出。

辞夏是被甄宥年带走的，汽车驶离车站的那一刻，长久以来萦绕在鼻翼的血腥味终于散开了，她长舒一口气，看着旁边座位上已经睡着的人，闭上了眼。

她从医院醒过来的那一天就没有再睡过，闭上眼全是奶奶惨死的样子。

会害怕，但是害怕仅限于内心的恐惧。

当一件残酷的事情反反复复在眼前上演后，再大的恐惧也被磨成了一卷昏黄的默片，成了电影里的老场景。

可是每天夜里惊醒不安的时候，甄宥年总是站在窗边，月色映照着他的轮廓，在夜里更加深邃与深刻。他回头笑笑，眼下一片黛青，说："别怕，接着睡吧。"

再次醒过来的时候两人在另一座城市车站前的候车亭，外面是暴雨倾城，来来往往的人举着伞在雨中跑。她不明白为什么明明有伞还要跑。

甄宥年忽然问她："想吃冰激凌吗？"

辞夏没说话，就这么看他一头扎进了雨里，回来的时候除了背上湿了一点之外，脸上还是一如既往的干净整洁。他递过来一盒冰激凌，笑："厉害吧，我能跑着穿过雨和雨之间的缝隙。"

辞夏没有接，甄宥年在她旁边坐下来，似乎是很无奈地苦笑了一声："我和你差不多，因为我的原因失去了一个很重要的人，难过了好一阵，没想过自寻短见却差点被杀了。"

"可后来活下来了，算是跟自己打了个赌吧，还活着就活下去，在该痛苦的时候痛苦，可以开心的时候就抓紧时间开心。"他说得漫不经心，像是在讲一个笑话。

"小珍珠，你遇到我的时候也有概率遇到其他人，你一个小姑娘，别人对你做什么样的坏事都不足为奇。我虽然也不是什么好人，但是如果你遇到了别的什么坏人……你就没办法吃到我请你吃的冰激凌了。"他停顿了一下，像是小心翼翼地试探，"所以，算不算赌赢了？"

辞夏看了他许久，遇到别人的话，可能早死了。可是遇到了你，活了下来。

她接过了那盒冰激凌，冰凉甜腻的味道在舌尖肆意地漫开，还有点温热的咸。

很凉，很咸，很要命。可却是因为这个奇奇怪怪的味道活了过来。

……

辞夏记得自己大哭了一场，抽泣的时候听到他的声音在缭绕的雨丝之间飘浮不定，却又无比笃定："要活下来吗？"

"小珍珠，我想看你活下来。"

一个星期后，甄宥年把她送到去玉盘镇的车上，那个时候辞夏开口说了第一句话。她说："我叫朱辞夏。"

估计是长时间没有开口的原因，声音非常难听，辞夏又补充道："我会说话，声音不是这样的，下次见面唱歌给你听。"

甄宥年笑笑，宽大的手掌揉了揉她的脑袋："再见，小珍珠。"

再见，没想过要再见，可一再见，即是五年。

辞夏抱完了之后觉得有些尴尬，好歹五年都没见了，而且之前好像也没有多么熟，就说了那么一句话。

这会儿才见面就情深深雨蒙蒙的，太怪了。

她退开来，随便扯话题质问甄宥年："你明明认出我来了还刁难我！"

甄宥年十分无辜："我哪儿刁难你了。"

"胖虎。"这两个字说得掷地有声。

甄宥年愣了一下，忍不住笑出来了："你说……叶景茶？"

辞夏不知道什么叶景茶。

甄宥年就说："这样吧，既然他擅自欺负你了，我帮你惩罚他？"

辞夏不明白，听甄宥年说："他一直对自己名字热爱得不得了，我跟你一起叫他胖虎，他估计就能难受好几天。"

不远处的胖虎打了一个喷嚏，心想住这里冬天不会冷死吧。

辞夏有点不好意思，转身进屋，继续扯开话题："你为什么会来这里？"

短暂的沉默，辞夏的心也跟着坠落。

她回过头，甄宥年环手靠着门口，看着她似笑非笑："怎么觉得你在害怕什么呢？还是在期待什么？"

甄宥年就是故意逗人！太过分了！

辞夏一说不过就让人吃闭门羹，这会儿作势又要关门。甄宥年妥协了，低头笑，说："工作，帮忙接一个人。"

"嗯？"辞夏问，"那为什么从海里来，你要接龙王女儿吗？"

"这个我倒不清楚。"甄宥年趁她不备溜进了门，"不过我是因为被追杀才掉进海里的。"

"什么被追杀？"

"就是因为碰了不该碰的东西，被人追着杀。"

甄宥年说得一本正经，辞夏差点就信了。可是他眼里藏不住的笑意瞬间就蹦出来了，她质问："你骗我？"

"怕？"

"那你怕吗？"辞夏看着他的眼睛，反问道。

可是漫长的对视，还是辞夏先坚持不住，落荒而逃，她找着杯子倒了杯水，水柱敲打杯底的声音像是一首谱好的乐曲。

"不怕。"甄宥年忽然开口，漫不经心，"怕的话五年的时间估计能跑到天涯海角了，不会来找你了。"

"啊！"辞夏发癔症一样失手打翻了水杯，茶水泼在桌子上的信封上，还被自己手忙脚乱给碰掉在地上。

厚厚的一沓，里面的东西滑出来，是照片。

这是房东奶奶交给朱瑾的，朱瑾好像提过，但是辞夏当时并没有当回事，现在才有点意识，她蹲下去一张一张地捡起来。

泛黄的老照片，模糊的人影，每一张上面都是一个穿着戏服的人，头上是一顶水蓝色的翠屏细穗，一圈下来镶满了珠子，而正中间那颗最耀眼，在如此昏黄的老照片上，那颗珠子却像是一弯新月。

注意力渐渐集中，辞夏认识这颗珠子，是沈凤仙的。

"没事吧？"甄宥年注意到辞夏的表情变化，问了一句。

辞夏摇头，而与此同时，外面传来沈不周仓皇失措的声音，他跑了进来。辞夏从来没有见过沈不周这副表情，他急促而绝望，喊："辞夏，辞夏！"

朱辞夏站起来。

"辞夏，师父他……"沈不周费了好久才说出一句完整的话，"师父他不见了。"

朱瑾恰好从楼上下来，略微抬眼，瞳孔微微瑟缩了一下，耳边好像有一阵很遥远的声音——

"师父他……师父他去世了。"

那是来自被自己舍弃的记忆。

与此同时，甄宥年的电话也响了起来。

Episode.3
故人沉梦

"我路过你的门，还烦请你道一声故人。"

09. 夜已深，沉渡船头水深

沈凤仙不见了。

从一个完全封闭的后院，仿佛凭空消失。沈不周站在那里，眼神呆滞地望着后院。

那是平时练戏的地方，三周是白色青瓦的高墙，另一面就是沈不周待的屋子，中午吃完饭后沈凤仙见外边天气凉快，便搬了张椅子到后院乘凉，沈不周就在屋子里整理东西。还能听见沈凤仙曲调幽转地哼着戏，似乎在惋惜刚刚去世的故人。

他唱："生生死死随人愿，便酸酸楚楚无人怨。"

声音戛然而止的那一刻，沈不周觉得有阵凉风吹过，他没有回头去看，就说："师父，外边凉，你赶紧进来吧，嗓子吹哑了该教训不了人了。"

回答他的只有风吹叶落，随即是倾盆大雨。

沈不周这才觉察到不对，他走到门口，雨水打湿了院子，除了一张空荡荡的椅子，再无其他。

辞夏心里有种窒息的感觉，问："凤仙爷爷和我奶奶是不是真的有什么关系？"

沈不周低着头似乎没听见，而辞夏也不是为了得到答案，只是在心里问自己。

不然的话，她奶奶为什么有那么多沈凤仙的照片？

辞夏忽然想起曾经半梦半醒间听到的声音，他说："我的照片里也有你……"

"哪里？"

"我视线落地，便是你。"

她奶奶孑然一身，死后除了朱楼的那些珠子，留下来的衣服都没几件，更别说别的什么了。

可是却有那么厚的一沓照片舍不得拿出来也舍不得带走，照片上全是一个人，一个人的那么多种样子。

辞夏已经觉得八九不离十了，毕竟这一生很长，要有多喜欢一个人，才会想要铭记他的一言一行和千言万语。

辞夏无力而又绝望，脑袋里还有一团乱麻。她看着沈不周却握了握拳头，说："沈不周，沈爷爷不会有事的，我保证。"

"辞夏……"沈不周难过得什么话也说不出来。

"你相信我，我一定会找到沈爷爷带他回来的。"

辞夏却在这个时候忽然想到了甄宥年，好像有点知道当时甄宥年带着她的时候是怎样一种心情了。有人比自己更绝望，所以自己就需要更强大一点。

在心里一点一点地堆砌起一座石塔，把想要保护的人藏进去，而自己守在塔外，一夫当关，万夫莫开。

是哦，甄宥年。辞夏这才想起甄宥年来，她往外面看了看，一个人影都没有。

其实也没那么重要吧，偶尔还会被自己忘记。辞夏深呼几口气，其实只是自己不敢细想，有关于初见和相逢的这五年之间，她的惦念算是什么。

甄宥年收到的是周小姐的短信，说是可以走了。

虽然明知道朱辞夏那边大概是出了什么事情，可还是先来这边了。

甄宥年开的是叶景茶的车，直接给他发消息说了一声，便去周家接人了。

周小姐拎了一个箱子，急匆匆地从屋子里出来，过路的风带走了墙上的另外一半挽联。

甄宥年沉了沉眼，将她紧张的神色尽收眼底。

周小姐上了车，甄宥年便故意问："这么急？债主找上门了？"

她跺了跺脚，示意甄宥年赶紧走。

甄宥年笑了一声，目光落在她脖子上的银链子上，中间垂着一颗珍珠，阳光打过来的时候，仿佛有一丝血色。

甄宥年皱了皱眉，发动车子，扬长而去。

辞夏刚从沈院出来就看见了站在门口的朱瑾。

她还是头一次，在朱瑾眼睛里看到一丝迷惘的情绪，虽然只是一闪而过。

朱辞夏回头看了一眼沈院的招牌，这才猛然发觉，"沈院"两个字和"珠满西楼"几个字，分明就是出自一人之手。

"朱瑾……"辞夏喃喃着，其实心里也明白，"你说我奶奶……和沈凤仙之间，到底是什么关系呢？"

她低下头来："还有已经死掉的周奶奶，沈不周说那位周奶奶是沈凤仙当年的师妹，所以她也曾是沈院的人……可是这之间到底有什么关系？"她脑袋里一团乱麻，唯一能肯定的是沈凤仙是被恶魂带走了。不是针对她吗，为什么又要带走沈凤仙？

"辞夏，"朱瑾收回目光，"恶魂和那个姓周的契合太久，意识已经不分彼此，所以哪怕恶魂脱离了姓周的身体，她依旧裹挟着姓周的恶毒的灵魂，找到了下一个宿主。"

"什么意思？"

朱瑾对上她的目光："有可能，那个周奶奶的怨恨并没有死，只不过随着恶魂换了一个身体而已。这样的话，你奶奶和沈凤仙，还有恶魂之间的恩怨便好解释多了。"

那……辞夏心里一惊，她记得沈不周之前还说过周奶奶还有一个哑巴孙女，会不会换到了她的身上？

辞夏赶紧朝着周家跑去。

可是赶到周家的时候，已经是人去楼空了。

辞夏却碰到了叶景茶。

"咦，小老板你怎么在这里？"

这也是辞夏要问的问题，她忽然想起什么来："甄宥年呢？"

"你还真跟年哥有什么啊？"叶景茶跟卷着舌头说话一样，咋咋呼呼的，"不过晚了，年哥走了，他送人回去，不知道以后还来不来。"

"送人？"辞夏觉得自己想得八九不离十了，"送的是这家的那个女孩子？"

"是啊，怎么了？"叶景茶莫名其妙。

辞夏却急得不行："你快拦住甄宥年！快点！"

"干吗这么急啊？急着表白啊？"叶景茶慢悠悠掏出手机，辞夏已经跟风一样跑出去了。

于是，叶景茶打通电话就说："年哥，小老板让你别走，她爱你爱到身轻如燕，现在已经飞过去找你表白了。"

甄宥年挂了电话，原本坐在身边的女孩子不知道什么时候被他绑住了，手脚放在了后面。

他环着手靠在车旁，好整以暇："换新身体了？所以还是老的？"

对方的瞳孔猛缩了一下。

"要问我怎么知道？"甄宥年笑了一声，然后若有所思地说，"我本来就知道啊，不然就不会来这里了。"

在遇到朱辞夏之后，他便听人说过玉盘镇珍珠项链的事情，还有那些所谓的珠灵和恶魂。尽管是有违常理的事情，但是看到朱辞夏的时候，什么都信了。

虽然是雇主交给自己的任务，但是甄宥年一直觉得这位周小姐挺奇怪的，一时兴起就试探了一下，却没想到歪打正着了。

他说："周小姐和她表哥当年有段不伦之恋，结果你一气之下本来是要啄他一只眼睛杀了他的，却没想到他活了下来，现在还托我回来把周小姐接出去。"

甄宥年知道眼前这人只不过是占着周小姐身体的老太太而已，所以说话还挺客气的："所以你就急了，担心找到下一个人寄附需要太久的时间，所以就赶紧换人了，毕竟生来不会说话的周小姐也是个可怜人，心里的阴暗面正合你胃口，所以在朱楼街口的时候赶紧换人了？"

甄宥年看着面前眼神越来越阴骘的人："我猜得……对吗？"

话音一落，被捆住的人忽然变成了一只火红色的鸟，像是一支利箭射出来。甄宥年微微一闪，却见它又以极快的速度飞回来。

饶是甄宥年身手再好，这会儿反反复复也有些措手不及，它奔着他的眼睛疾飞而来，眼见避不开时，只见另外一道红影从车窗外冲进来，两只鸟便纠缠在一起。

因为甄宥年逼得恶魂现出兽形，所以朱瑾察觉到了气息立马赶了过来。

甄宥年刚准备起来，却看见随后跑过来的辞夏，于是就没起来了。

辞夏慌张跑过来，一双眼睛像是受惊的小鹿一般，喊了一声"甄宥年"，不知道是不是看见他没什么事，丢下一句"我到时候再给你解释"之后，就追着朱瑾跑了。

甄宥年揉了揉额角，还是自己站起来了。

他拍了拍手，也跟了上去。

可是珠灵和恶魂的速度太快了，辞夏跑了一半就不知道自己在哪里了，她四处看了一眼才发现自己又回到了沈院门口。

辞夏觉得脑袋里有什么一闪而过，然后几乎是无意识地咬开了自己的手指，血珠从小口里渗出来，她握上锁骨间的那一颗朱雀珠。

而那颗珠子居然像是海绵一样，吸饱了血之后整颗珠子都变成了一种诡异的血红色。一瞬间灼烧感从手指漫开，好像真的有火一般，烧得之前痊愈不了的伤口又一次血肉模糊。

辞夏觉得眼前一晃，有画面不断地闪过，像是从空中急速坠落的雨珠一样，她随手接住一个，便是沈凤仙。

她看见他了。他昏昏沉沉的，脸色惨白，下半身被液体珍珠一样的东西凝固在一起，嘴里喃喃不知道在说些什么。

辞夏想不明白，心里一凉，耳边一道婉转多情的女声，喊："沈先生……"火烧的感觉已经不是两根手指了，又开始向全身蔓延，而且那颗珠子像是无底洞一般，几乎要吸干她所有的血。想挣开却挣不开，她觉得自己像被吸进去了。

"朱辞夏！"

有人喊她的名字。

像是打开了魔盒的咒语一般，眼前所有的东西，沈凤仙、珠蚌，像是破碎的玻璃一般，然后重新组合成这个熟悉的现实世界，而刚刚的一切似乎不过是幻觉。

但失血过多的眩晕感和手臂的烧伤感还在。

"泼！快泼死她！沈凤仙养她这么多年她都害，真是歹毒！"

辞夏不知道前面什么时候多出来两个人，还拎着什么东西就要往她身上泼过来，她有点反应不过来。

甄宥年庆幸自己跟过来了，虽然辞夏不光力气出奇大居然跑得也十分快，他刚拐弯过来的时候就看见有两个人拿着铁桶奔她而去，而她却像是丢了魂一样，一点反应也没有。

眼看着人家一桶狗血就要连着铁桶罩她头上，甄宥年几步刚好过来，长臂一伸，把人捞进怀里，然后转过身用背部挡住了铁桶。

一瞬间背后一片腥腻，铁桶也好像砸到额角，被边沿的铁丝划伤了脸，他们是在狗血里兑盐了吗？

甄宥年皱了一下眉，却长舒一口气。

怀里人终于有了点动静，想挣开却被甄宥年紧紧按住："现在知道回神了？"

"甄宥年。"闷闷的声音从自己的胸口传来，沿着心脏血液的路径传到耳边。

这种感觉很奇怪。

像是曾经无数个夜里，在梦里听到的声音，那细小无助的声音喊，甄宥年，救命。

甄宥年身体僵了一下，有点失神，然后定了定神："进去。"

说着没等她有反应就给推进屋里，他顺便关上了门，然后眼神阴鸷地看着面前的两个女人："你们想干什么？"

10. 袅晴丝吹来闲庭院，摇曳春已倦

辞夏被推进来的时候，沈院正门大开着，一眼就能看到后院的门。

她看见朱瑾坐在那里，夕阳西下，一向整齐服帖的头发有些微乱，微微翘起的发丝被夕阳镀上了一层金光，似乎一直在等她。

"我刚刚被恶魂带到了恶魂珠里。"辞夏的声音有些哑，大概是苦战过后的疲惫，"沈凤仙在那里。"

"恶魂珠……里？"辞夏想起自己刚刚看到的那个地方。

"相当于恶魂给自己铸造的一个空间，他可以把人带进去。你刚刚用自己的血强行打开了珠门，所以我逃出来了。"

辞夏看着自己血肉模糊的指尖："那沈凤仙呢？"

朱瑾站起来："你如果想救他的话，就和我一起进去把他带出来，然后再封珠就行了。"

"可是……"辞夏有些手足无措，"我不会啊。"

"你会的。"朱瑾看着她，"就跟你刚刚打开珠门一样，守珠人学会这些就跟人会吃饭一样。"

"可是……"

"没有时间了。"朱瑾提醒了一句，"沈凤仙活不了那么久。"

话音刚落，甄宥年便进来了，和他一起的还有叶景茶。

叶景茶只不过是接到甄宥年的电话还以为跟着过来坑的，没想到可以顺便帮忙教训两个女人，十分开心。可是现在又一头雾水，干吗这么多人，斗地主啊？刚想说话来着，却看见屋子里面的阴影处站了一个人，他吓了一跳。

辞夏大概是注意到了他的目光，跟着回过头去，是沈不周。辞夏心里一沉，她甚至不知道沈不周在那里站了多久，也不知他听到了什么。

只是喃喃还未出声，沈不周便身体一软瘫了下去。

叶景茶送沈不周去了医院。

计绯然说只是精神太过紧张加上休息不好，并没什么大问题。

叶景茶个人觉得有什么大问题也跟他没什么关系，但是出于需要在陌生女孩子面前树立重情重义的形象，就一直深锁着眉头陪在病房。

其实是因为甄宥年嘱咐他最好哪里都不要去的，好像医院就是安全的，虽然不知道为什么。

叶景茶环着手，端端正正坐得像一个守护神。

计绯然在旁边笑死了，问："胖虎，你怎么这么好笑？"

叶景茶看着眼前笑得前俯后仰的人莫名其妙："我坐这里也挺好笑？"

"嗯。"计绯然抿着嘴又忍不住"扑哧"一声，"要笑死了。"

神经病。叶景茶继续皱眉，耸了耸肩膀，其实招人笑还挺好的，于是扭扭捏捏地说："我觉得你也挺可爱的。"

冷不防撞上不敲门就进来的祝安，祝安逡巡了整间屋子，对旁边两个生龙活虎的人毫无反应，目光落在沈不周身上："朱辞夏是不是又想害死人？"

话音刚落，远处又是一阵鸟鸣，宛如啼血。

沈院。

甄宥年一向慵懒闲散的眼神忽然正经起来，看着朱瑾问："什么叫她跟你一起去珍珠里？"

辞夏被甄宥年现在的表情弄得有点心神不宁，却听朱瑾说："字面意思，不过在你看来她只不过是睡了过去。如果顺利的话就能醒过来，不顺利的话就永远沉睡。"

辞夏自己听了倒没什么反应，反而是甄宥年的声音又沉了几分："必须这样？"

"是。"朱瑾看了辞夏一眼，然后站起来，看着外面的残阳如血，大概是真的没时间了，远处传来一阵诡异的鸟鸣。

辞夏看着朱瑾："我跟你去。"

话音刚落，朱瑾神色一变，忽然从眼前消失，一声鸟鸣划破了层云。

辞夏知道已经来不及了，视死如归地准备咬开自己的手的时候，却被甄宥年拉住了。

辞夏觉得心跳停了一下，她回头，对上甄宥年深邃好看的眉眼，前所未有地严肃道："甄宥年，你别这样，你们总是这样自顾自地来又毫不犹豫地走，我知道我自己很可怕所以你们一开始就不要拉住我了，反正也没什么很深的交情就这样吧……"

"'你们'是谁？"甄宥年问。

辞夏心慌意乱地也不知道自己说了什么，咬着嘴唇不知道该说些什么的时候，甄宥年却叹了一口气："之前不是说了要慢慢地跟我解释吗？"

他不知道从哪里拿出来一根细绳，像是辞夏串手串用的那种绳子，一圈一圈地缠上她的手指，然后另一端系在了自己的手指上。

"我等你醒过来跟我解释。"

辞夏仿佛听见了耳边有朱瑾的声音，她没有时间再想别的什么了，闭眼咬开自己的手指，握上珍珠项链。

瞬间，眼前出现了一片火海，火舌像蛇一样游过来，然后攀上她的小腿，她看见了那个黑漆漆的洞，朱瑾垂着头靠着沈凤仙。

一旁站着那个哑巴女孩，眼神阴冷，大概是察觉到了辞夏的目光，扭头看过来，脖子生生转了一百八十度。

而辞夏来不及害怕和询问，只觉得胳膊上一阵剧痛，火舌攀上胳膊，然后又一股巨大的力道将她扯过去。

甄宥年稳稳地接住了仿佛是晕了过去的辞夏，然后打横抱起她来，上楼放到了床上。而连着两人手指的透明细线，从辞夏手指的那一端，开始渐渐变红，像是上升的温度计一般，朝着他这边爬来。

甄宥年握着她的手："小珍珠……"

闭眼睁眼只是短短的一瞬间，可是周围已经发生了翻天覆地的变化，辞夏果然进来了。

周小姐就站在对面，她轻蔑地看了朱辞夏一眼，然后继续和朱瑾对峙，无声却宣誓着自己的得意和胜利。所以即便没有说话，辞夏仿佛也听见了，周小姐说，你们都可以死在这里了。

辞夏不明白，她跑到朱瑾身边扶起她，手碰上朱瑾的那一瞬间，很明显能感觉到她正在缓缓消失的生命，而一旁的沈凤仙却是一种渐渐苏醒的感觉。

"朱瑾……"辞夏张了张嘴，内心的恐惧渐渐放大。

朱瑾将一直攥在手里的珍珠给她，喘息着说："找到机会带他出去。"

"那你呢？"

"出去以后用两个珠子的力量封住这里。"朱瑾并没有回答她的问题，反而挣扎着站了起来，似乎要继续跟恶魂对峙。

恶魂笑起来："既然进来了，你以为能出去？"她看向朱辞夏，"更何况，你以为你有什么本事，从我身上拿到恶魂珠？"

"我来拿就好了。"朱瑾忽然闪身上前，下一刻便跟那女人扭打在一起。

辞夏急忙去扶沈凤仙，可是那黏腻的珠液却像是胶水一样，将沈凤仙紧紧地粘在上面。她咬着牙，几乎用足了力气。

就快要拉开的时候，却听见朱瑾一声："小心！"

辞夏睁开眼，只见那只红色的鸟正朝着自己的眼睛啄过来。她来不及有任何反应，朱瑾瞬间变成了人的样子，挡在了她的面前。

可是在朱瑾面前，却忽然站起来另外一道背影，苍老却挺直，张开手如同张开了羽翼。

"凤仙爷爷！"

鸟喙插进胸口，又猛地抽出去。沈凤仙缓缓回过头来，却没有看辞夏，而是看着朱瑾，他张了张嘴，却发不出任何声音。

"带他出去。"朱瑾没有任何表情，下一刻又化为鸟形朝着恶魂扑上去。

辞夏接住沈凤仙，他的嘴唇嚅动着，手盖在胸口的位置，颤颤巍巍地缓缓伸出手来，混着鲜血的手心里静静地躺着一颗珍珠，红里发黑，是恶魂珠。

恶魂把恶魂珠藏在嘴里了，而插进沈凤仙胸口的那一刻，被他无意抠了出来。

失去恶魂珠的恶魂已经开始暴躁了，尖锐的声音划破长空。于是整个空间开始以一种极其扭曲的方式旋转，仿佛要把里面的人生生绞死一般。

坠落的石头和不知道从哪里渗出来的珠液，都在慢慢地摧毁和吞噬这个地方。

"快出去！"朱瑾不知道在哪个方向呵斥了一声。

可是，辞夏反反复复捏着脖子上的珍珠，声音带着些哭腔："可是我不知道怎么出去啊……"

空间已经在慢慢摧毁了，坠落下来的石头有些砸到了辞夏身上，疼痛不已，有些被朱瑾挡了下来。

辞夏泪眼蒙眬，像是出于本能一般，喊了一声甄宥年，就像五年来，每次深陷梦魇之中的时候一样。

她不知道为什么仅仅一面之缘，可是想的念的，都是这个人。

甄宥年看着手上的线已经被整个染红了，心里一惊："辞夏？"

他也不知道该怎么把辞夏拉出来，绑一根线也不过是一种心理安慰而已，而此刻他只能反反复复地喊着辞夏的名字。

因为他曾听人说过，名字是最短的咒语。

辞夏来不及反应，右手上忽然有一股力道，虽然看不见也听不见，可是确实是像谁在拉她了。

他听见了她喊的名字，所以拉她了。

"朱瑾！"

辞夏下意识地去找朱瑾，甚至感觉半边身子已经脱离了这个地方，还有半边身子正在这个空间里被扭曲，两个空间的交汇处像是灼热的铁块一样烙着她的身体。

她觉得自己快要承受不住了，意识也渐渐涣散。可是她却听见了沈凤仙喊了一声："朱隐……"

朱隐……辞夏很努力地睁开眼，迷蒙之间看着空间的角落里那个跟遗弃的布娃娃一样的人。

怎么会有朱隐呢？朱隐……是她奶奶。

而角落里的人，忽然渐渐抬起头来。

空间的扭转仿佛摧毁了横亘在过去与现在之间五十年的岁月，他觉得自己大概是在做梦吧，五十年前也是这样，他没有拉住他的阿隐。

而现在梦的世界里，他们是被装在滚动的水晶球里的人，缓缓旋转，如果和你保持最远的距离，你是不是就能从最高的地方刚好落进我的怀里？

沈凤仙顾不上身体的疼痛和自己的狼狈，奋力地朝着那边爬过去，阿隐，我来接住你。

"啊……"辞夏一声尖叫，再无知觉。

11. 我路过你的门，还烦请你道一声故人

朱隐原本是玉盘镇海户的女儿。所谓海户，便是采珠户，以采珠为生。一般男的入深海取珠，女的在浅水区做海女。

她遇见沈凤仙的那一年大概十四岁吧。沈凤仙是个戏子，好看的戏子。

那个时候朱隐刚开始跟着母亲做海女，早上跟母亲和众多海女一起下海捞海胆。可是年纪小又生疏，哪怕是浅海区也待不了多久。

于是朱隐偷懒，从海里探出头来。

她就是这个时候看见沈凤仙的，他穿着黛青色的盘扣衫，一手背在身后，一手双指并拢，张着嘴唱："鱼落雁鸟惊喧，羞花闭月花愁颤……"

最后一个字的转音没有唱出来，便被朱隐吓得坐在了地上。

他呆呆地看着眼前的小姑娘，尽管知道这边经常有海女出没，可是他还是吓了一跳，因为太好看了，好看到他以为是神仙、小龙女鲤鱼精什么的。

沈凤仙是真的吓坏了，捡起旁边的自行车，抬着落荒而逃。

可是，第二天他又来了，这次练了一会儿就坐下来，看着平静的海面不知道在想什么。

朱隐在自家屋顶晒完海胆，然后坐下来看了他许久。

一直到夕阳西下，沈凤仙拍了拍裤子上的沙子准备走了，朱隐却悄悄出现在他身后，眉眼盈盈："沈小先生，你是练戏呢，还是专程来找我的？"

沈凤仙没想到她会认识自己。

于是第二次，又捡起地上的自行车，一直骑到小路上了，他才敢回过头来。朱隐站在夕阳下，朝着他挥手："沈小先生，我叫朱隐，记好了哦。"

后来朱隐想，自己什么时候开始喜欢他的呢？大概就是那个在黄昏日落时，他骑着自行车，撞开了一路的海风时开始的。

风吹起他的衣服和头发，他回过头来，那个时候整片海滩，刚好就只有他们两个人。

沈凤仙刚会说话那会儿就在沈家班子跟师父学戏了，可是到十四岁的时候，也不过是每天跟在师父后面打打杂，又或者坐在旁边摇头晃脑地拉二胡，几乎没有登台演出过。

那个时候他们戏班子还有一个小师妹，姓周，才进沈院没两年，戏唱得很好，但是脸上有一块伤疤，几乎占了半张脸，所以平时总是一副低到尘土里的姿态。可是上到戏台上时却像是换了一个人，脂粉一擦，头饰一戴，便是戏里唱的那样"鱼落雁鸟惊喧，羞花闭月花愁颤。"

玉盘镇的人迷得不行，当然也并不知道她原本的样子。

沈凤仙第一次上台，是因为那场戏里唱生角的角色生病了，临时找人顶，然后让小师妹选一个，小师妹选了他。

大概因为准备的时间不够，又有些怯场，当时站在戏台子上有人嫌他唱得不好，就朝他身上扔鸡蛋。

他又慌又乱，却一眼就看见角落里的女孩。她朝着他眨了眨眼，然后一抬手，拿着手里的东西朝着扔鸡蛋的人身上砸去。

是朱隐。

沈凤仙回过神来继续唱完了那场戏。

然后跑了好几条街，却冷不防在回去的路上撞上了朱隐，她坐在海边出海口的木台子上，晃着腿，额头还有些瘀青。

沈凤仙终于没有再跑了，他走过去在她身边坐下来，看着她的侧脸。

她却忽然侧过头来，眼睛像是海一般澄澈。

沈凤仙赶紧移开目光，看着像是她的眼睛的海面，问："他们……打你了……"

朱隐笑起来："没有啊，跑得太快了摔的，要是被打了哪还能等到你。"

"你……在等我？"沈凤仙有些意外。

"对呀。"

　　"为什么？"

　　"因为想听你专门为我唱一曲。"朱隐眨着眼睛靠近他。

　　沈凤仙不得不跟她对视。一定是神仙吧，是误落世间的仙子。他胡思乱想说得断断续续："可……是……我……唱得不好……你也看到了……"

　　"那……"朱隐想了想，"就等你觉得自己唱得好的时候吧！"她伸出小指，"约定哦，等你唱到最好的时候，一定要给我唱一曲。"

　　沈凤仙不由自主地颤着伸出小指，不知道是不是因为经常泡在海里的原因，她的手很冰很软。他问："为什么……啊？"

　　"因为我喜欢你呀。"

　　沈凤仙的脸蓦地一红，仿佛染上了天边的晚霞。朱隐又说了一遍："不是因为你唱得好不好来决定要不要喜欢你的那种喜欢，是不管怎样都喜欢你的那种喜欢。"

　　沈凤仙还是没忍住跑开了，可是这次手里多了一颗珍珠，盈润透亮，像是和他拉过钩的那截小指腹，连温度都是一样。

　　沈凤仙回来的时候挨骂了，师父教训他，让他在院子里跪了整晚不让吃晚饭。

　　小师妹偷偷给他送了馒头。他摇头，问："小师妹，我什么时候才能像你一样唱得那么好呢？"

　　小师妹看着他的眼睛。

　　沈凤仙眼角微微向上，耳根微微发红像是在害羞，她还是第一次看男孩子脸红，于是说："那以后我来陪你练戏吧。"

"嗯？"沈凤仙抬眼。

她说："唱戏先得入戏，两个人比一个人要好。"

沈凤仙没听明白。

可是从那以后，他的确有所进步了。

上台的机会越来越多，而且每场戏都能在观众的角落看到一个小姑娘，撑着手摇头晃脑地朝着他笑，还会悄悄给他拍照，不过他每次都能逮到。

而沈凤仙也会在闲的时候去海边，偶尔练练嗓子，更多的时候还是看着朱隐像是一条小锦鲤一样，在海面的波光粼粼里闪着光。

他咿咿呀呀地唱，朱隐只有在偶尔浮出海面的时候才能听见，所以她好像就听到了那么一句"谁家女儿娇，垂发尚年少"。

朱隐从海里钻出来，侧着身子捏了捏头发上的水，然后湿答答地朝着沈凤仙走去，他们坐了许久，说着细碎的话。

一直到月光滴落了海面，才记起来已经很晚了。

朱隐抬头，层云偷偷溜过来，把月亮护在怀里说悄悄话，于是周围一下子暗了下来。她看了沈凤仙一眼，趁机俯到他的耳边，在月亮露出来的同时，转身跑开了。

这好像是第一次，她先跑开。

沈凤仙在原地愣了许久，一阵凉凉的海风吹过来，他才回过神，可是那声音还在耳边怎么都挥之不去。

谁家女儿娇，垂发尚年少。她笑意浅浅，说："沈先生，这家女儿不小了，可以嫁人了。"

后来沈凤仙也渐渐有了名声，也有了固定曲子和固定角色，师父给了他一顶头冠，他悄悄地把朱隐送他的珠子装了上去，珍惜得不得了。

朱隐却一眼就看见了，见面的时候说："这个太小了，我下次给你换个大的。"

沈凤仙揉了揉她的头，说："哪有女孩子给先送嫁妆的……"

朱隐躲在他怀里笑。

可是，等到沈凤仙正想跟师父开口说结婚的事情的时候，朱隐却出事了。

她跟她爸爸一起下海。那一天还有同行的八人，一共十人，他们遇上了事故，九人尸骨无存，只有一个人回来了。

就是朱隐。

没有人知道发生了什么，朱隐也什么都不说。

本来采珠遇难并不是什么少见的事情，每年都有这样的事情发生，奇怪的是，只有朱隐一个人安全无恙。

遇难者的家属每天都会找上门来，一开始还苦苦哀求，后来就直接开始打骂摔东西了。

朱隐妈妈也因此一病不起，最终撒手人寰。

而这些，不过短短一个月的事情。

可是这一个月，沈凤仙却如同销声匿迹了一般。

　　他师父为了打响沈院的名气，接了当时一个很有社会地位的人的邀请，据说是要去给大人物唱戏，于是押着沈凤仙和她小师妹闭关练习。特别是沈凤仙，哪里也不准去，师父甚至愿意以答应他任何要求来说服他认真练这两个月。

　　所以沈凤仙托周小师妹去帮忙送信。因为她一向比较乖，偷偷溜出去很简单。

　　小师妹找了朱隐，信也送到了，走的时候朱隐却叫住了她："不用把我的事告诉他，让他好好练吧。"

　　小师妹点点头，注意到有人进来，她不知道这是唯一一个不责怪朱隐的遇难者的儿子，帮了朱隐许多忙，只是担心着要是被人认出来她就是沈院的当家花旦，那就完了，于是急匆匆地离开。

　　后来，那场大戏给那些人唱得很顺利。

　　沈院一天之间声名鹊起，特别是小师妹，低调神秘，本来就被捧上了天，现在更是成了仙女一样的人物。

　　一周后，沈院为了答谢老戏迷们，就打算在平时唱戏的小戏楼里再唱一次。算是普通老百姓能听的最后一次了，因为沈院已经成了专门为那些豪门贵户唱戏的戏班子。

　　本来都还好好的，可是谢幕散场的时候，却有人站了起来，朝着台上二人泼水扔杂物。

　　小师妹毫无防备地面对着台下那些陌生人的愤怒斥责，他们说她原本的脸有多么丑、多么恶心，居然还欺骗大家欺骗了这么久！对于沈凤仙他们也毫不客气，说他居然跟那个害死了人的海女谈恋爱，他们应该一起死。

沈凤仙护着小师妹，可是一直不明白他们说的害死人的海女是什么意思。

无数乱七八糟的东西都朝着他们砸过来，本来应该跑的，可是沈凤仙站在那里却一动不动，问："朱隐……还好吗……"

小师妹捂着脸，哭着摇头。

下一刻，沈凤仙便扔下了她，踉跄着朝外面跑去，急急地赶去另一个人那里。

小师妹孤独地站在台上，鸡蛋、菜叶子，甚至茶杯、凳子，无数的东西朝她身上砸过来。

闭上眼的那一刻，她忽然想起那一晚，朱隐叫了她的名字。

沈凤仙赶到朱隐家里的时候，一切都已经变了样。只有朱隐依旧是那个样子，朝他笑颜盈盈："唱完了？成功吗？"

沈凤仙一把抱住她："你怎么还能笑得出来？"

朱隐没有动静，很久才说："哭的话……他们能活过来吗？"

她说："我妈妈说过，既然我一个人回来了，要么就顺了他们的心再去死，要么就生不如死地活着。既然只有这两个选择的话，就活好一点，在该笑的时候笑，该幸福的时候幸福，因为难过的时候太多了。"

她拿出一颗珍珠，比之前送给他的那一颗大许多，耀眼而又柔软，可是珠面却有微微的瑕疵。她递到沈凤仙面前，久久地叹了口气，声音很轻："沈先生，我只有你了。"

这是她爸爸拼死给她的嫁妆。

那一天，她说了自己和沈凤仙的事情之后，爸爸也很高兴，告诉她一定给她一颗全世界最好的珍珠作为嫁妆。

下海的前几天朱隐求了很久，才说服爸爸带上她，毕竟采珠业为了传承下去，朱隐迟早要像其他人家的男孩一样下海的。

而且自古有恶水才能出好珠的说法，所以玉盘镇的采珠人每次下海之前，都会去珠庙里祈愿。那里有一颗人头大小的血珠，采珠人会在下海前将自己的血淋上去，以求平安，俗称血祭。

那一次也很顺利，做完常规的采珠之后，她爸爸多滞留了一会儿。本来说好让大家先浮水去船上等，可是他们大概是觉得她爸爸想独吞什么，没有一个人愿意走，甚至主动地往更深的地方去了。等到察觉到海鱼的躁动要逃已经来不及了，他们不知道遇上了什么，黑漆漆的一片，仿佛深海里的黑洞一般，将他们吸了进去。

朱隐和爸爸本来来得及逃开的，可是爸爸为了救手边的一个人，一同被卷了进去。

朱隐想游过去的时候已经晚了，那个黑洞仿佛吃饱了的野兽一般，开始沉睡，海底瞬间恢复了初始的平静。

于是，朱隐看到了这个巨大的珍珠蚌。

她醒过来的时候在船上，日出江花，她手里的那颗珠子是她爸爸最后给她的，明明是纯白无瑕，却不知道为什么染上了一丝红，像是朝阳。

沈凤仙不知道怎么安慰朱隐，或者她一直都把那一天当作一个梦罢了。他陪了她一天，不知道真的是为了陪她，还是仅仅是在逃避什么。

等回到沈院的时候，他才知道师父气出了病。

小师妹因为已经没有任何价值了，而且又有太多人上门闹事，想要回自己曾经为她花的戏钱，所以被赶了出去，名义上说是送到乡下去避风头。

而沈凤仙之所以还能进来，大概因为他师父实在是没有办法了，沈院就他这么一个得意门生了，杀也不是，打也不是。

总之，沈院的风光还没开始就已经结束了。

后来没多久，沈凤仙的师父就去世了，沈院被交到了他的手上。沈凤仙出于内疚，把小师妹接了回来，因为他才知道，那一天他慌张从戏台子上跑走之后，小师妹被伤到了左眼，再也看不见了。

沈凤仙见朱隐的时间也少了，他忙于重整沈院。朱隐女承父业，也忙于下海采珠。

而让沈凤仙生气的，是她身边总有一个男人，她说是死去的那八人之一的儿子。没有几个人愿意带朱隐一起采珠，他算是一个，只不过同行帮忙照应而已。

可是沈凤仙总觉得，他迟早会为他父亲报仇，害了朱隐。

　　沈院完全垮掉是因为一场大火，不知道是不是以前的戏迷气不过放的火，而且还挑在深夜。

　　沈凤仙被小师妹喊醒的时候，火势已经止不住了，还好因为小师妹打杂睡得晚，及时发觉，叫醒了大家才没有人伤亡。

　　可是沈凤仙却发现，镶着朱隐送他的那颗珍珠的头冠还在里面，他想冲进去的时候，有人却抱着头冠出来了，是小师妹。她说："见你宝贝得不得了，应该很重要吧……"

　　沈凤仙扑灭了她身上的火，可是她被浓烟呛坏了嗓子，再也不能说话，更何况她最爱的唱戏。

　　沈凤仙觉得，他每次觉得人生难得快要走不下去的时候，总是会出现更难的事情。

　　他现在很需要钱，需要钱给小师妹治病，需要钱安抚那些一直都为沈院卖命的人，需要钱让沈院重新活过来。

　　而这些钱都是朱隐给他的。

　　朱隐变卖了她爸爸采了几十年的珍珠，算是一笔巨款了。沈凤仙不知道该怎么接，而朱隐只是偏着头笑："就当是另一半嫁妆。"

　　沈凤仙抱住她，听她声音浅浅："因为我说了啊，沈先生，我只有你了。"

　　沈凤仙重新建了沈院，甚至从街边开始唱起，重振沈院的名声。

　　没多久，大概是大家怒气过了也开始重新接受，沈院终于开始活了过来，沈凤仙一时间比当年的小师妹还要火。

树大招风。

有人开始质疑他当年重振沈院的钱是哪里来的。他提到了朱隐，眼角眉梢都是笑意，说："虽然还未娶，但是我认定的妻子，已经选好了日子，就在下个月。"

朱隐给了他两次嫁妆，他都没有主动说要娶她。可是这一句话说完，朱隐的一生也就完了。

因为朱隐拿出那笔钱的时候，刚好是珠庙里那颗血珠不见的时候。正因为如此，采珠的事故越来越多，死去的人也越来越多。

他们心里那些尖锐而恶毒的怨气终于有了落脚点，一切都归咎于朱隐。一定是她偷了那颗珠子，惹怒了神仙，才导致天灾人祸不断，让他们失去了家人的。

而这个时候小师妹也告诉他，当初她之所以被人当众拆穿，就是因为朱隐那天故意当着外人叫她的名字。

朱隐，因为沈凤仙不经意提及，一夜之间沦为万人辱骂的恶女。

他们抓住了朱隐，把她绑在海边，折磨得不成样子。

沈凤仙来的时候，看着朱隐被绑在柱子上，干裂的嘴唇，苍白的脸色，凌乱干枯的头发遮住了眼睛。

他忽然觉得，那让他一眼万年的小仙女，已经是很远很远的事情了。

他什么都没做，只是问："你真的……偷了那颗珠子吗……"

朱隐没有回答，她从来不屑于别人怎么看她，可是唯独面前这个人，永远都不配问她这个问题。

　　哀莫大于心死，最后她说："沈先生，我连你都没有了……"

　　大家建议用朱隐来祭天祭海，他们把朱隐锁在了笼子里，用一根很长的绳子牵着，扔进了海里。

　　七天之后，大家把绳子捞起来，笼子还在，人却没了，证明海神接受了这个祭品。大家开心得不得了。

　　而沈凤仙醒过来就是七天后了，朱隐被祭海那天他顺着绳子想去救她，可是他不会游泳，溺水的时候他想，一起死了也没什么关系……

　　可是他却被小师妹救了起来。

　　而这个时候他才知道，当初沈院出事，是因为一夜成名，被对家嫉恨陷害。后来朱隐为了让沈凤仙更顺利一些，花了不少钱打点，甚至答应自己每年采的珍珠百分之九十七归他们所有。

　　而那笔钱的来源，朱隐曾经也说过，是自己变卖了所有家当，倾家荡产，可是他居然一点都不相信她……

　　沈凤仙终于明白自己做了什么，他以为自己一生顺风顺水，却不过是有人为他扬好了帆，铲平了礁石与冰山。

　　而他却亲手杀了这个人。

　　那一句"沈先生，我连你都没有了"，总是萦绕在半梦半醒的夜里，那句"等你唱到最好了，一定要为我唱一曲"也成了一把刀子，永远插在心上。

大概是命吧。

那个时候朱隐觉得自己好像已经死了，笼子沉进了深海，她又看见那个吃人的巨蚌，可是它却缓缓张开了壳，里面没有预想中的巨珠。

而是一串项链。

然后有人救了她，是那个遇难者的儿子，后来成了辞夏的爷爷。

醒过来的时候，他们在离玉盘镇不远的一个小渔村里，那串项链被戴在了朱隐的脖子上，再也取不下来了。

她就像现在的辞夏一样，恐慌无助。不过身边也有一个人，他什么都不介意，永远站在她触手可及的地方。

后来，沈凤仙来找过她许多次，可是大概是内疚没脸，每次都远远地看着，然后在她发现之前转身走开，就像他们最开始相识的时候。

而这个时候朱隐肚子里的孩子已经有七个月了。

后来沈凤仙没再来了，来的是小师妹。

这个时候朱隐才知道，她送给沈凤仙的那颗珠子，便是最开始的朱雀珠的恶魂本体，恶魂喜欢寄附在内心阴暗而恶毒的人身上。

当时的朱隐不是，沈凤仙也不是。它等了许久，终于等到了一身怨气的小师妹。

沈院那场火是小师妹故意放的，朱隐偷血珠的谣言也是她散播出去的，连血祭都是她提出来的。她心里的怨气恶毒被恶魂无限放大，顺便借着恶魂的力量无恶不作。该杀的一个都没有放过，那些朝她扔过东西的人、辱骂过她的人、害她变瞎的人……该死的都出意外死了。

而她却若无其事，嫁人生子。

大概是坏事做多了，她儿子天生是个低能儿，抢了一个女孩过来强行给自家续香火，可生下的孙女是个哑巴，还怀了自己表哥的孩子。

……

所以缘来缘去，也许一切都是朱隐亲手造成的，如果一开始没有带回来那颗珍珠……

可是，没有如果。朱雀珠的恶魂是杀了珠灵出来的，寄附在当年的小师妹身上一段时间后又沉睡了。

所以，朱隐幸免于难。五十年间她封了金木水火土珠，一直到最后沉寂在小师妹身上的朱雀恶魂又苏醒了。

朱隐被引到了玉盘镇外，毕竟已经年迈，在和小师妹对峙的时候被小师妹雇来的人轻易地杀了。

可是朱隐也没想到，自己会变成珠灵。她以为自己只不过是死去了，却能清晰地感觉到自己的身体一点点融化，直到最后，连名字和记忆都化成了水，被风蒸干。

有人说，名字是最短的咒语。直到沈凤仙苍老的声音叫出她名字的时候，朱瑾被丢失的记忆才回到自己的身体里。

像一场雨一样，带着当年被风干的空气，浇在她的心上。

原来她就是朱隐。

12. 夕阳西下，断肠人在天涯

手指上细线的红色渐渐褪去，仿佛刚刚只是错觉而已。

甄宥年看着辞夏，看着她平稳的呼吸渐渐沉寂，到最后一动不动，他觉得这一刻他的心跳也停了下来。

"小珍珠……"甄宥年的声音轻得仿佛像是蝉翼一般，生怕吵醒了梦中人。

可是渐渐冰凉的身体，还有停下来的呼吸，都在告诉他：她死了，没有呼吸也没有心跳了。

可是，不会的。辞夏身上有不一样的地方，他知道。五年前就知道了。

那时候的门没有锁，他推开了，然后便看见辞夏倒在血泊中，明明就是普通的地板上的一摊血，而辞夏半边身子却陷了进去，像是进入了另外一个空间。

那是第一次，他把她拉出来，可是人已经没了呼吸。

所以辞夏以为她在柜子里待了两天，其实是死了两天。甄宥年并不知道她能活过来，只是对于自己所见的怪事消化了两天。

那个地方的小旅馆，只要给钱了其本没人管你在里面干什么，所以门对门的两间房间各自沉寂了两天。

两天后，他开门准备报警并安葬那个小姑娘的时候，她居然活过来，还会对着他哭。

所以他也不明白，后来自己为什么总是有意无意地去查关于玉盘镇和一串珍珠项链的事情。

他看着朱辞夏密长的睫毛上忽然凝上水珠，额角的碎发也慢慢粘在一起，甚至整个身体都开始变得湿答答，仿佛是从水里捞上来的一样。

可是眼角却有一滴水珠，温热地落在他的手上，甄宥年只觉得自己手指一颤："朱辞夏……"

"嗯？"

她应了，像是喊醒了一个睡梦里的人。甄宥年听见了两个心跳，一个来自他的胸腔，一个来自她的心口。

心里波澜万丈之后脸上便只剩下平淡不惊，可是只有自己知道，重新回到身体里的心跳有多美好。甄宥年笑："起来了。"

辞夏睁开眼，模糊的人影渐渐清晰，她怔了许久。

最后还是没忍住，眼泪忽然涌了出来，她环手抱住他的脖子，声音哽咽断断续续："甄宥年，好痛啊……"

甄宥年揉着她湿答答的头发："乖，不痛了。"

辞夏哭了半天，似乎是有点过分贪婪甄宥年身上的温度了，终于平静了点之后才记起来沈凤仙。

虽然最后的记忆不是很清晰，可是能确定自己把他带了出来，现在应该在海边"禁地"那个地方。

辞夏猛地推开甄宥年，一边从床上下来一边说："沈凤仙爷爷还在海边。"

甄宥年被推得一愣，还准备多温存一会儿的，他无奈地拉住都快站不稳的辞夏："你休息一会儿吧，我去。"

然后走了两步又停下来，他说："我还是看着你比较放心，让叶景茶去吧。"

叶景茶接到甄宥年电话的时候都快坐着睡着了，他长这么大还是头一次在病床前照顾人，还是半生不熟的人，顿时觉得自己可真体贴。

于是接起电话准备听甄宥年表扬一下他的，却听甄宥年又使唤人，让他带上救护车去海边接一下沈凤仙。

他莫名其妙。

所以当见到躺在沙滩上跟溺水一样的沈凤仙的时候，他甚至觉得是甄宥年把人扔进海里又捞上来压榨医院的劳动力的。

计绯然拍他一掌："你别发愣啊，快过来帮忙。"

胖虎领命赶紧撒腿跟着跑过去，刚帮忙把人抬到担架上去，脚下却踢到一个什么东西，还一滑滑了老远。

他走过去捡起来，计绯然在前面喊："胖虎，你怎么又发愣，你还走不走啊？"

"来了。"

叶景茶四处看了一眼，把那玩意儿揣进兜里了。

沈凤仙却一直没有醒过来，大概是梦里有琳琅吧。梦里的小姑娘娇笑着说："沈先生，这家女儿不小了，可以嫁人了。"

然后，他亲手把她推进了深海……

所以他当时拼了命地把朱瑾拉出来，大概只是为了自己而已。就好像这一次拉住了，就能偿还这些年对她的亏欠一样。

朱瑾本来应该已经被封印了的，世界上再无朱瑾，也无朱隐。可大抵是有人的执念太深，她的形体可以多留几天，不过，也就几天而已。

朱瑾站在病床前，一张一张地翻看着那些照片，好像记起来当年站在角落里偷偷拍照的自己了。那时候想，一生太短了，她要好好记住他，一天都不要错过。

可没想到一生竟是那么短。

长夜无月，床头昏黄的灯光照着沈凤仙苍老的脸，没有什么能敌得过岁月，包括爱恨。这些对于她来说已经很陌生了。

沈凤仙眼皮微动，模糊的人影像是灯光里的一粒微尘，他张了张嘴，艰难地发出了两个音："阿……隐……"

"阿隐死了。"朱瑾环手，目光无波澜。

沉默了许久，大概是回忆完了自己那漫长而又短暂的一生，她又说："但是她从来没有恨过你。"

"阿……隐……"

朱瑾转身，没再回头。

沈凤仙彻底醒过来的时候，离沈院七十周年恰好还有半个月。

玉盘镇的老人们都在说，等这么多年没死，可不就等着沈凤仙再唱一曲？

沈院戏班子周年庆的场地放在了玉盘镇的镇剧院里，当作回馈游客给全镇发了公告，算是官方公认的商演了。

沈凤仙和沈不周从来没有想过如今苟延残喘的沈家班子还能上得了这样的排场，可是两个人都是心不在焉的模样。

好像毕生的梦想全在这里，可是到这里的时候却仿佛到了头，一生走到了头才知道自己要的是什么。

沈凤仙五天前才从病床上下来，沈不周担心他身体，他却只是摆摆手一言不发，闭关三天写了一个剧本，留了最后两天给沈不周练。

本里写的是他自己的故事。他叫自己错生，错了一生，一生都做错了。

那一天真的来了很多人，面熟的面生的，男女老少，座无虚席。

辞夏在后台给沈不周打气，嘱咐他不要紧张。而沈凤仙坐在镜子前，周围的一切全然不入耳，只顾着一笔一画一心一意地为自己上妆。

辞夏看了许久，最后张了张嘴，用自己都听不到的声音说："唱完了来见见她吧。"

戏已经快开始了，剧院门口人头攒动，辞夏却没找到朱瑾，人来人往中有人撞到她的肩膀，一个趔趄后被谁拉住了手腕。

"过来。"甄宥年不知道什么时候出现在旁边的，大概是从周围的空气忽然变得好闻的时候开始的，也有可能是阳光变得不那么刺眼的时候，总之说不清。

辞夏脸红红的："我找朱瑾，不找你。"

甄宥年还没来得及说出口的话又被堵了回去，他抿了抿唇："那我再把你推回去？"

辞夏来不及回话，被他圈着拖离了人群。

甄宥年把她拖到剧院旁的一个水榭香亭，朱瑾坐在那里，抬着头不知道在看什么。

黄昏半沉，她的影子落在地上，几近透明的孤独，与戏台那边的人山人海宛若两个世界。

辞夏抓着甄宥年胳膊的手不自觉地紧了紧，甄宥年朝她点头："记得抽空想一想晚饭吃什么。"

辞夏没明白，甄宥年却已经走开了。

辞夏在不远处看了一会儿才走过去，可是朝着朱瑾走过去的每一步，心都特别空，仿佛那就是自己的样子。

"奶……"辞夏抿了抿唇，"朱瑾，戏要开始了。"

"过来陪我坐一坐吧。"朱瑾的目光缓慢而悠长，仿佛已经回到了原本的年龄该有的样子。

辞夏走过去，和她并排而坐。

残阳染红了天边最深的云层，蛋形的大剧院像是一个待孵化的茧，各种乐器的声音次第而起，沈不周的声音像是山间的一泓清泉。

他唱："袅晴丝吹来闲庭院，摇曳春如线……"

辞夏侧头看朱瑾，她的眼角微微向上，一丝丝的皱纹渐渐浮现，时间仿佛是一秒十年般，在她脸上刻上了痕迹。

"朱瑾……"

"嗯？"

辞夏歪着头靠上她的肩膀，努力掩饰着自己内心的慌张："以前这个剧院还来过大明星呢，我和沈不周没有钱买票，也是坐在这里，听完了整场，乐得像是偷吃了糖的小孩。"

"他好吗？"

"不周吗？"辞夏笑，"当然好了，是个好孩子。"

"那他呢？"

辞夏顺着朱瑾的视线看过去，甄宥年站在剧院门口，不知道在和叶景荼说什么，没多大会儿就开始拳脚相加了，计绯然也来了，在旁边笑得前俯后仰。

辞夏看了许久，许久才说了一个字："好。"

"嗯。"朱瑾勾起嘴角，似乎是没有多余的力气说别的了。

"朱瑾，你说这么好的人为什么会在这里呢？我觉得……"

"你觉得他有什么目的？"朱瑾替她说完，却忽然笑了开来，不复之前的冷嘲热讽，眼睛里有难得的温柔，"这是我废了好大的力气敲晕了给你扔过来的。"

"嗯？"辞夏抬头，惊讶。

朱瑾嘴角笑意浅浅："辞夏，人与人之间的缘分都是说不清的，你不知道他为什么刚好在这里，为什么能接受你的所有，这些都不重要，重要的是你遇见了这么一个人。"

朱瑾停了一会儿，似乎要喘口气才有力气继续说："人的目的能有什么？为财、为情、为名誉、为欲望，你觉得他能图你什么？辞夏，反而是你可以图他什么……一生不长，别到头了才嫌太短。"

"爷爷……就是这样的吗？"辞夏忽然问。

朱瑾的眼神柔软了下来，嘴角的笑褪去了年轻时的清高孤傲，仅剩温柔的美好。

"是。"朱瑾说，"所以我最难过的是没有来得及告诉他，我曾经惊世骇俗地爱过别人，但后来也细水长流地爱过他。"

辞夏不再说话，抬眼远眺。

远处的人像是有感应一样，刚好也看过来，明明隔着一片小湖，可是这会儿却像是就在眼前一样。

人与人之间的距离有一步两步一米两米，而目光与目光之间是没有距离的，撞上了就有千言万语。

辞夏低下头，其实不是怕他图我什么，只是怕我依赖他过多，上了瘾。

夜色渐沉，半梦半醒时分。

辞夏终于听到了沈凤仙的声音，带着微微颤抖唱了一首曲子。这还是以前辞夏拿给他听的，老头儿嚷嚷着不听不听，可还是听了，还唱了。

他唱——

新居故里仍闻，夜夜琴声漾

天外边的人啊，依然在我心上

坟前相似长，生死两茫茫

若我遵道法，梦里拥琳琅

越想见你时，天涯分外长

女儿今要嫁，披了一身妆

回过头张望，如你当年模样

而我草草数十年，仍只记得小河边，闻花的姑娘

……

曲落人终散。

辞夏问："你觉得错生这一生，爱过阿隐吗？"

朱瑾沉默了很久才开口，声音凉淡如月："有许多故事，看完了的人总会问，他爱不爱她？当局者迷，旁观者清，如果连旁观者都迷的话，那就没有什么爱不爱可言了。辞夏，不要再问这个问题了。"

"可是旁人永远看不出来在爱里面的人爱得有多深，不入水不知深浅，我觉得情也是一样的。"辞夏呢喃着，不知道自己怎么就睡了过去，只听见朱瑾的声音越来越轻，像是耳边的悄悄话一般："辞夏，每一颗珠灵都可以满足你一个愿望，集齐四颗珠灵的时候，哪怕是死而复生也没关系。"

"嗯？"

"想好了就来告诉我吧。"

辞夏喃喃："奶奶……"

其实已经承认了吧，她就是自己的奶奶。

辞夏醒过来的时候，月色照亮了湖面，剧院的四周还围着昏黄的小橘灯，像是童话里住满萤火虫的森林。

她枕着的肩膀宽厚坚硬，还有微微的寒气。

她怔了许久："甄宥年。"

"嗯。"

"她呢？"

甄宥年侧头，朱辞夏柔软的头发刚好拂过鼻尖，肩膀上有一瞬间的温热。

甄宥年问："想好晚上吃什么了没？"

"我奶奶呢？"

"辞夏。"甄宥年沉默了很久，看着湖面皎白的月光问，"听见心跳的声音了吗？"

"嗯。"

"她就在那里。"

亭子外面的路灯下，急急赶来的人终是没有见到他惦念了半生的故人。他扶着路灯，混浊的泪顺着眼角的缝渗出来，然后铺了满面，嗓子里含混不清的声音，不知道喊的是谁的名字。

．

这一辈子，唱了五十年，直到现在才知道怎么唱戏入戏，却出不了戏。

沈凤仙跪在地上，嗓子里反反复复只有两个音节：阿隐。

阿隐，我曾在黑夜里踽踽独行，而你是不小心迷了路掉进来的精灵，是我这一生唯一的侥幸。我也未曾觉得不能忍受你走后的年岁漫长，而此刻见你，终觉断肠。

那之后，沈凤仙再也发不出声音，一首《吾妻》成了绝唱。

Episode.4
月与花融

"山川与月，囿于昼夜。"

13.莺逢日暖歌声滑，人遇风情笑口开

甄宥年本来是来接人的，可是人不见了，这还是第一次委托任务失败，没脸回去就赖在玉盘镇不走了。

叶景茶心如明镜，跷着脚说："年哥，我也觉得，任务什么的哪里比得上结婚娶老婆啊，我看玉盘镇就挺行！"

甄宥年一脚踢到他身上，看他跟个赛半仙举着鸟笼子一样举着一盆鱼缸："你怎么回事？花鸟鱼市场接班人？"

叶景茶呵护得不得了，赶紧把鱼缸抱在怀里："这可是我宝贝，

灵得很。"

说完看见从后门进来的辞夏和沈不周，两人一人端一碗粥，估计是共享早餐了。

叶景茶闷着笑，瞟了一眼甄宥年，心里说：让你在这里找罪受，人家青梅竹马，你不骑个白马，还想把公主娶回家？

想着又被踢了一脚，干吗！把气撒我身上吗！

辞夏白了胖虎一眼，这人从搬进朱楼开始就整天抱着一个莫名其妙的缸，还给这么黑一只龟取名叫小白，怕不是个傻子。

甄宥年自顾自地走上来，刚准备开口说什么，辞夏赶紧喝了一口自己碗里的粥，心想我舔过了别想我给你喝。

甄宥年倒是不急，往那儿一坐，沈不周就已经出卖人了："甄先生，这碗给你吧，厨房还有我去盛。"

辞夏喊都喊不住，只觉得和甄宥年面对面坐着怎么都有点不自在，于是只能气急败坏地找胖虎发脾气："胖虎！"

声音太大，乌龟都被她吓得钻进了壳。

叶景茶心想神经病啊，一边安抚乌龟一边警告朱辞夏："我，你新房东，放乖点。"

"你可走开吧。"辞夏见甄宥年也不帮她，气死了，端着碗坐到旁边收银台，心想明天就在粥里下药。

最后，她只敢挑衅胖虎，问："这乌龟会叫你爸爸吗？"

说到乌龟，叶景茶就来劲了，赶紧坐过来，指盖轻敲了一下玻璃，里面的乌龟仿佛是受惊了一般探出头来四处张望。

叶景茶嘚瑟道："我跟你讲，这乌龟能算命，可神了！"

"算什么？"

"不如先算个姻缘吧。"叶景茶随口说，"你现在心里想一个问题，两种选择，如果这乌龟待会先伸头出来就是肯定答案，如果先伸尾巴就是否定，试试？"

辞夏皱眉，开始怀疑叶景茶的智商了。

叶景茶居然开始撒娇："试试嘛，又不要钱……"见辞夏依然不为所动，就开始打蛇打三寸，"这样吧，你试一试，我给你减一个月房租！"

说到这里，辞夏眼睛都亮了，钱简直是她生命之光。

她闭上眼开始认真想问题，还没想完就听见一声"胖虎"。

辞夏睁开眼，恰好对上对面一直一言不发的甄宥年的目光，心跳忽然停了一下，然后仓皇着移开眼，乌龟伸头了。

这一瞬间，屋子里的光影都变得有些醉人了，黑黢黢的乌龟居然也有些迷人。

"问我会不会先开口跟你说话？"甄宥年忽然开口，声音沉沉，还带着点笑意，"你没有什么问题要问我吗？"

辞夏一怔，自己刚刚在想什么来着？不过懒得说也没机会说了，外面忽然传来鸣笛的声音，是计绯然。

计绯然骑着小电动正准备去上班，路过的时候见这一屋子人可热闹了，但是有一个巨大的电灯泡，于是就把人给喊了出来。

叶景茶是抱着乌龟跟推销业务一样的速度冲出去的，朝她笑："早啊，邻居小姐。"

"傻子是不是？"

计绯然往屋里又瞅了两眼，一个坐桌上气定神闲地喝粥，一个坐旁边恨不得马上要暴走。她对心眼比海还宽的叶景茶说："我要去上班，你要不要一起去玩？"

"你上班我玩啥啊？"叶景茶反射弧最起码有三十米，"拿废弃注射器打水仗？"

连沈不周这单纯男孩都看出来了，手里抱着保温桶，跟潜伏了许久忽然钻出来的一样，说："计护士等等我。"然后扭头对辞夏说，"我去医院给师父送粥喝，医院的粥他肯定喝不惯。"

不等辞夏回话沈不周就跑了，骑上一辆单车。计绯然索性一把拉着叶景茶："你给我上来。"

叶景茶还抱着乌龟没放呢，计绯然却一踩油门，一辆小电动车载着两个成年人艰难地冲了出去，尾音消散在风里。

朱楼一瞬间安静了不少。

辞夏动也不是不动也不是，总觉得背后有道灼热的视线，于是咬咬牙回过头，可后面哪有人啊？

咦！甄宥年呢？

甄宥年并没有看到前面那精彩的一幕，他当时喝完粥去厨房送碗，一回身就只见本来热闹的大厅空荡荡的，辞夏一个人傻乎乎地立在原地，问道："都被你赶走了？"

"什么叫被我赶走了？"辞夏莫名其妙，反驳，"我没赶，他们自己跑的。"

甄宥年坐下来："说吧，别憋坏了。"

"说什么？"辞夏格外不情愿地跟着坐下来。

甄宥年觉得好笑，为了缓解小姑娘的欲言又止，提议道："要不我们来交换问题，你随便问，我认真答，答得还行就换我来问你？"

辞夏低头看着手指，觉得挺好抠的，就一边抠手一边说："你为什么老怂恿胖虎欺负我？"

甄宥年估计无辜死了，辞夏还跟倒豆子一样，不给人反驳的时间——举证："你最开始来的时候假装不认识我，还让胖虎来找我碴儿，住进朱楼也不跟我说，把我一个人蒙在鼓里，明明上一刻好像跟我很亲近，下一刻又拉开了距离，还有莫名其妙出现在这里……"

"还有吗？"

辞夏认真想了一会儿："暂时没有了。"

甄宥年攫住她的眼睛，目光微沉，最后叹了口气，揉了揉眉心："听起来我也觉得自己有点过分。应该在你在海边救醒我的时候就拉住你的，可当时真的没力气了……"

甄宥年抬眼看她的脸渐渐变红，继续说道："后来陪了你一夜，你拉着我的手问沈不周开不开心，第二天还把我关在门外……"

甄宥年不慌不忙地一条一条数，辞夏越听越心虚，怎么觉得好像都是自己不对了。不行，哪有人主动承认错误的！于是她硬着头皮打断："行了，你别说了，我问完了。"

甄宥年笑："那我回答得还行？"

辞夏这才反应过来："你就想问我问题引诱我呢！"

甄宥年被揭穿了却不急，靠在凳子上格外闲适，一点头："嗯。"

辞夏甩甩手："行吧，你认真问，我就瞎答吧。"

甄宥年想都没想，先喊了一声："小珍珠。"

"嗯？"辞夏抬眼，对上他格外诱人的眼神。

"你上次说的他们是谁？"

"什么他们？"辞夏记不起来。

甄宥年好心提醒，念经一样："我和他们一样，自顾自地……"

甄宥年几乎是一字不落地帮她回忆，辞夏赶紧叫停，开始耍赖："不知道！我瞎答都不想答了。"

"可是一直很在意。"甄宥年也很痞得不放弃，"他们究竟是几个人？"

"几百个吧。"辞夏红着脸开始瞎扯，"估计能建一个群。"

"嗯……"甄宥年扬起眉尾，"那为什么把我和他们归到一起？"

为什么把我和喜欢你的人归在一起？甄宥年说："邀请我进群吗？"

辞夏心跳漏了好几拍，都快赶不上每分钟的平均心率了，于是一拍桌子猛地站起来："不说了，我心情很糟糕。"

可转身没走两步，甄宥年就忍不住笑了，喊道："小珍珠，你其实一点都不呆啊，心思细腻、思维敏锐。"

辞夏觉得自己每一步都走得晃晃悠悠的，心里扑通扑通的声音仿若擂鼓，她深呼几口气，觉得自己暂时需要一小段时间消化一下甄宥年话里的意思。

可是对方显然不准备耽误时间，直接说了："所以现在明白了吗？为什么赖着不走……"

"你想说什么？"辞夏恼怒地转过身，差点撞上不知道什么时候走过来的甄宥年，他顺势按住她的头靠在自己的心口，声音便从头顶流泻下来："因为我想进群。"

辞夏怔了几秒，抬头很认真地看着甄宥年："你是不是上网上多了？进什么群？"

长亭医院。

祝安昨天值夜班，中途沈凤仙出过一次紧急状况，但是并没有什么大问题，就没有通知家人。现在刚忙完休息了一下，收拾了自己准备回去，就看见计绯然和叶景茶有说有笑地走过来，甚至直接忽略了他的存在。

擦肩而过的时候，祝安终于忍不住，他深呼一口气："计绯然。"

"干吗？"十分不耐烦的声音，和刚刚笑意盈盈的人判若两人。

祝安想了一下，暂时不知道为什么叫住她，眼角瞥见叶景茶怀里抱的鱼缸，赶紧问："什么东西？拿出去！医院是能随便带这些乱七八糟的东西进来的吗？感染了怎么办？"

"好好好，写检讨成了吧。"计绯然十分不耐烦，却一眼就瞥见了他的袖扣，黑得像是一只眼睛，她嗤笑了一声，心想骚不骚。但是扭头对叶景茶说话的时候声音立马就甜了几分，"成吧，你就送到这里，现在可以回去啦！"

"啥？"叶景茶一头雾水，"你别是上班路上害怕要我送你吧。"

差不多吧。计绯然眼神瞟了一下，祝安不知道什么时候已经走开了，背影还是那样"骨骼料峭"。

她把小电动的钥匙扔给叶景茶："给你，下班的时候记得还给我。"

"您的意思是要我下班来接您？"

"可以这么理解吧。"计绯然挥挥手，赶着去上班。

蹬着单车的沈不周也赶来了，抱着保温桶走到门口，看着站在门口十分困惑的叶景茶，好心问："胖虎，你是不是迷路了，怎么看起来这么苦恼？"

叶景茶抓住救星，赶紧释疑："你觉得我好笑吗？"

"啊？"沈不周不明白，可是还是仔细想了一下，然后摇头。

"那你觉得小老板好笑吗？"

沈不周想了想："辞夏很可爱的啊。"

"行吧，你完蛋了。"叶景茶丢下一句就走了。

医院停车场，叶景茶在茫茫车海里终于找着那辆粉红色 Hello Kitty

小电动，仔细放好了鱼缸之后开动起来。

叶景茶胆大包天，骑着小电动还敢分神想事情，驶出院门的时候冷不防和一道凛冽的视线擦肩而过。

好像有谁在看他，下一刻，浴缸里的乌龟忽然开始躁动起来，扒拉着爪子抻长脖子往外探，不知道是受惊了还是怎么回事。

与此同时，一辆大卡车疾驰而来，叶景茶一拧车头，恰好对面又来了一辆黑色的小车。

前后夹击，来不及飙车技了，只听"砰"的一声，叶景茶从小电动上飞下来，头猛地撞到一旁的电线杆上。

骨头断掉的声音和鱼缸破碎的声音同时响起来，而闭上眼睛的前一刻，叶景茶还在关心那个小电动有没有摔坏。

14. 一场小别离

"骑着小电动都能出车祸，你是不是拿纸做的？"计绯然恨铁不成钢。

叶景茶缠了一身的绷带，从头到脚，醒过来就问："我的小白呢？"

"什么小白？"

话音刚落，辞夏从门外冲进来，手里捏着的正是那只黑色的乌龟："胖虎你太厉害了，才养了几天就养成精了，我刚刚来的路上吧看见它正往医院爬，估计是怕你死了。"

叶景茶正想破口大骂，什么死不死的！啊！说什么丧气话！但是看见她身后气定神闲跟进来的甄宥年，话到嘴边硬生生地转了："是的，我魅力十足，它痴情不负，我俩就要终成眷属了。"

"哈哈哈哈！"计绯然被逗得笑岔了气，"你快好起来吧，胖虎，你太可爱了。"

可爱什么可爱啊！叶景茶准备抓头发的，却不小心抓到了自己头上的伤口。他疼得"嘶"了一声，计绯然赶紧过来帮他检查。

甄宥年惊讶地看着一向纵横迪厅的迪厅小王子叶景茶先生此刻居然红了脸。

辞夏当然也看出来了，意味深长地点点头，挥手："那我去看沈爷爷啦。"

走到门口，见甄宥年不动，一把拉住他往外拖："你这么亮眼的电灯泡以后不要出现了，赶紧回去。"

甄宥年可能听不懂人话，问："亮眼是在夸我吗？"

可要点脸！辞夏还没骂出来，撞上对面穿医生服目不斜视走过来的祝安，明明没有看她，可她下意识地紧了紧手，还往后边退了一点，像是在害怕。

甄宥年自然察觉到了这细微的变化，拧着眉头看那道背影："你怕他？"

辞夏摇头："不是。"

是因为……辞夏低着头没有说，甄宥年也不问了。

沈不周把沈凤仙照顾得很好，但是老人除了坐在床上看窗外基本上没有别的动作，只有见到辞夏的时候眼神才稍有变化。

辞夏出现的那一刻，沈凤仙眼底有一瞬间的慌张、内疚，甚至还有一点不知所措。

其实辞夏跟沈凤仙并没有什么关系，她爷爷……辞夏并没有见过她爷爷，据说那是她奶奶后来遇到的人，对她奶奶很好，就是死得早，好像是为了向她奶奶求婚，去了九重深海之下采珠，却遭遇了不测。那时候她奶奶已经怀孕了，一个人把孩子生了下来，然后就这么过了一生……

辞夏走的时候忽然觉得，自己少来点比较好，毕竟沈凤仙年纪大了，情绪起伏太大他的身体不一定承受得了。还能活多久，大家都心里有数，沈不周也有数。

辞夏从医院出来之后一句话都不说。

甄宥年实在舍不得火上浇油，不过也没办法了，小姑娘长这么大，这种事情应该经历的很多了吧，于是说："小珍珠。"

"嗯？"

辞夏抬眼，眼底盈亮一片。甄宥年发现自己越来越容易心软了，只好不看她眼睛："我得出去几天，有事给我打电话。"

"还会回来吗？"辞夏也不知道该问什么，不过甄宥年迟早要走这件事她还是很清楚的，就是这会儿人还没走心就开始空了，"你别告诉我你要走，你直接告诉我什么时候回来。"

甄宥年不说话，看着她。

辞夏急了："你别是不回来了吧？"

"说不准。"甄宥年故意吓她，"好歹回去领罪的，不知道能不能拿回押注。"

"什么押注？"辞夏有些慌。

甄宥年很享受朱辞夏这种舍不得的眼神，心情特别明朗："别人委托我来把人带回去，我没办成，估计得截肢。"

辞夏一惊，甄宥年却像在开玩笑，笑道："所以你多念念我，争取我死了能把我的魂给念过来。"

"你！"辞夏又急又怒想打人。

甄宥年赶紧按住她："好了，没那么严重。"他忽然俯下身来，清朗的气息就在耳边，"不要随便同意别人的入群申请，我得早点回来当管理员。"

"你在说什么啊，你是不是神经病？"

可是辞夏觉得心里有点美了。

病房里，计绯然帮叶景茶输好液准备离开，祝安刚好进来，不知道是跟叶景茶有仇还是跟那只乌龟有仇，盯着那只乌龟语气很不好："为什么又在这里？"

叶景茶自觉来者不善，竖起了全身防备，说："消过毒检查过了没有病毒，差不多算我半个儿子了，医院没有理由破坏父子关系吧。"

祝安自始至终都没有什么好脸色，估计是因为昨晚熬夜了。

计绯然怀疑他是不是仅仅回家洗了个澡，难得关心人："你昨天不是夜班吗，为什么现在又来了？"

祝安拧着眉扫了她一眼："你很闲吗？医院那么多病人你在这里多久了？"

"……"

关心人还被骂，计绯然心里超级窝火，推着医疗车的力气都大了几分，差点没撞上祝安的腿，甩着白眼道："不好意思祝医生，我忙，请您让让。"

叶景茶抱着乌龟看着这两人，总有一种计绯然马上要炸医院的感觉。这时候祝安的眼神扫过来，他有种祝安要对付他了的感觉。

果然，祝安走过来，翻了翻他的病历单，问了一个毫不相干的问题："你住朱楼了？"

"嗯。"叶景茶不是很喜欢这个人，也不怎么说话。

"和朱辞夏？"

叶景茶皱眉，祝安把病历单放下来："没什么大问题就回去躺着吧，医院床位有限，你别占资源。"

这话说得叶景茶就很来气了："我又不是不付钱，干吗不让我住院？我好歹骨折呢！回去谁给我换药啊。"

祝安走到门口又回头："朱辞夏没说她原本是学医的？"

"啥？"

"尽管是肄业，但照顾瘫痪病人应该是没问题的。"祝安说完就出去了，走出门又回头，"但别跟她太亲近，她也不是什么好人，不信你可以问问她，她的未婚夫是谁。"

"未婚夫？学医？"叶景茶愣得回不了神，小老板看起来傻兮兮的还这么有故事？不过一想也是，之前那么多奇奇怪怪的事情甄宥年不让他问，肯定就是有什么秘密了。上学的话估计是学校的友人都不如他友好，对于她身上那些乱七八糟的事情肯定是避之不及。至于未婚夫什么的，甄宥年那么鸡贼会不知道？

叶景茶一点都不担心，反倒是辗转反侧想不明白，计绯然老说他好笑是什么意思？

他真有这么好笑？

大概是输完液之后太困了，叶景茶一觉睡不醒，连他口口声声的黑儿子爪子扒拉着玻璃这样刺耳的声音他都感觉不到。

叶景茶翻了一个身，走廊上的光照着一道人影打下来，遮住了那个鱼缸。

黑黢黢的乌龟宛如融进了那道阴影里，只有眼睛，明亮盈白，像是一颗珍珠。

辞夏又开始做梦了。

皎白的月光照着一望无际的海面，宛如在海上铺了一条荧光的路。路的尽头有一个四四方方的盒子，里面躺着一个人，可是她看不清他的脸。

眼前像是有什么东西黏住了眼皮。

她奋力地想睁开眼，脚下一滑却掉进了水里，海水一瞬间呛进口鼻，然后便是窒息的感觉。

"砰"的一声，辞夏从床上掉下来，头撞到柜子角上，终于醒了过来。

她大口大口地呼吸着，攀扶着打开灯，回头瞥见镜子里自己的脸，脸色涨得通红，嘴唇都有点发紫，仿佛真的是溺水了一般。

辞夏心里一沉，盯着镜子里的自己移不开视线，准确地说，是那串项链。

原本在正中间那颗红色的珠子不知道什么时候移到了旁边，取而代之的是另外一颗，泛着一丝黑色。

辞夏伸手握住它，湿润的东西沾到指尖，是水。

她慌忙站起来，随便套了件衣服跑上三楼，刚准备敲门，才记起来甄宥年已经走两天了，于是举起来的手又放下了。

外面天都没亮，几声狗吠声由远及近，辞夏这才发觉自己的衣服都被浸湿了，初秋的风吹过，还带着一丝寒意。

辞夏打了个寒战，不知道哪里的水滴声，一滴一滴，像是在细数时间的流逝，又清晰得仿佛就在自己的脚边。

她低头，自己光脚踩在地上，鞋都没来得及穿。

狗叫声越来越近，辞夏往后退了几步。她从小就怕狗，觉得一只茶杯犬都能吃掉她的那种害怕。现在更是觉得胆战心惊，仿佛在下一刻就会有一只狗从任何一个方向冲进来，然后咬住她……

以前不是没有过这种时候，而长久的恐惧仿佛已经训练出一种条件反射般的反应。

辞夏跑到一楼，她甚至不知道自己是怎么走到电话旁边的，也不知道自己是怎么按下号码的。

漫长的待机音从听筒里传过来，第三声的时候，一道低沉磁性的声音传来："嗯？"

她觉得自己这一刻才彻彻底底地清醒过来，而在此之前弥漫在眼前的黑雾终于散开了。

外面的天空渐渐泛起一丝亮白，远处有海风的声音，耳边却是令人窒息的寂静。

她长呼一口气，听筒里一阵窸窣的声音，仿佛能看见一个模糊的身影从床上坐起来，然后揉了揉自己凌乱的头发问："小珍珠？"

三个字落入耳郭，辞夏心里一沉："甄宥年？"

两边都沉默了许久，最后是甄宥年先忍不住的，他有些无奈地笑："小珍珠，我把你第一个号码换成我的了。"

他刚睡醒的声音，还带着一点温沉，轻轻地落在辞夏耳畔："现在不知道该高兴还是该嫉妒。"

……

辞夏挂了电话后，说不上心里什么感觉。连她自己都搞不清楚，究竟是无意识的依赖让人不能自拔，还是有意识的想念更令人沉沦。

叶景茶是第二天中午拄着拐杖回来的，计绯然刚好昨晚值夜班，也算是顺路，就给送进来了。

计绯然拍了拍他的肩膀，说："节哀。"

叶景茶没什么心情，呼吸都使不上力的感觉，回："嗯。"

这大概是他第一次对计绯然这么冷淡了。

计绯然倒觉得没什么，看了一眼趴在桌子上愣神的辞夏，叹了一口气："情啊爱啊，可真愁人。"

辞夏看到叶景茶的时候计绯然已经回去了，叶景茶坐在门口，背影像是一只格外生气的大熊猫。

"胖虎？"

"嗯……"

辞夏走过去，还从来没有看见胖虎这么失落的样子，眼角垂下来格外喜感。她忍着没笑，关心道："你干吗，失恋了？"

"我儿子不见了……"

"什么？"辞夏问完才想起来，"你说那只叫小白的乌龟啊。"

叶景茶点点头，十分可怜。他不过就是睡了一觉，醒来放在床边的乌龟就不见了，值班的护士说并没有看见谁晚上进来，估计是自己爬走了。

他挺难过的，但是一群护士还笑他，只有计绯然没笑，气势汹汹地冲出去，然后又沮丧地回来说："我一定会帮你找到的。"

其实他不是难过乌龟不见了，而是……他看了一眼隔壁紧闭的门，惆怅：他觉得自己可能要陷入爱情了。要是陷入爱情的话还挺麻烦的，最起码不能泡吧了，得正经起来，也不能跟别的女孩子暧昧不清了。

想到这里，他看了辞夏一眼，算了，小老板不算。

然后还有什么呢？叶景茶叹了口气，发现自己有点神经病，是不是想得太多了？

辞夏这方面的反射弧也不怎么好，只能看出来他痛失爱子的悲哀，于是安慰道："你别难过啦，你儿子那么聪明，指不定明天就回来找你这个爸爸了。"

叶景茶回头盯着她看了半天。

辞夏被看得莫名其妙，问："干吗？"

"你未婚夫是谁？"因为忽然想到，叶景茶猛地这么问了一句。

辞夏心里一哽，眼神慌得不知道该看哪里，只能站起来想找个借口逃跑，叶景茶又说："我年哥知道吗？"

知道吗？辞夏想起清晨的那个电话。算是知道了吗？

辞夏没有回答，也不知道该怎么回答，跑到楼上生意都不做了。

傍晚的时候，计绯然过来找叶景茶玩。

叶景茶开心地从凳子上跳起来，却发现半条腿还是废的，跳不起来，于是拄着拐杖出来。

只见计绯然扛着一箱啤酒，眨了眨眼："陪我过个节怎么样？"

"什么节？"

没等叶景茶想起来，计绯然又是一把把他抓进了车里塞进了副驾驶，而自己坐上驾驶位，斜着眼睛，酷酷地说："七夕。"

"哈？"叶景茶安全带都没系好，就这么冲了出去。

两人来到海边。

已经傍晚了，又快秋天，还是个传统的情人节，热闹得不行，甚至有人顾不上水凉跳下去浪。

海滩最边上有一个拱形的招牌，不知道哪个旅游团组织了篝火晚会和烟花大会，估计是想待会儿一起放的。

结果有人按捺不住了，线香花火在指尖绽开，像是一抹星光。叶景茶忽然有点觉得自己的腿坏得太不是时候了，不然的话他得是这里的场控，最起码是最 High 的那一个。

计绯然倒是对这些兴致寥寥的样子，她找了一个人少一点的角落坐下来。

叶景茶拄着拐杖一瘸一拐地跟过来，在背后看了她一会儿。他这才觉得计绯然很瘦，两块蝴蝶骨特别突出，脸上也没什么肉，总觉得一阵风都能把她吹走一样。长发一直都是扎成球，这会儿放下来被风吹得扬起来比平时的娇俏里还多了点妩媚。

叶景茶走过去，挨着她坐下来："邻居小姐，你怎么像是来借酒消愁的？"

"什么邻居小姐。"计绯然拿牙咬开了瓶盖，"都认识这么久了你叫我名字就成。"

叶景茶心想邻居小姐这个称呼又暧昧又有韵味呢，没想到就这么被否定，侧眼一看，计绯然已经咕咚灌了半瓶酒了。

叶景茶吓死了，赶紧拦住："你干吗，喝橙汁啊？"

"没事。"计绯然擦了擦嘴，"工作不顺心，喝酒散散心；一喝喝十斤，天天好心情。"

叶景茶瞪大了眼睛，在心里鼓掌嘴上赞叹道："果然诗人都是喝酒喝出来的，我们的计绯然选手才喝一口就诗兴大发了，待会儿估计能文思如泉涌，灵感如尿崩了！"

计绯然看着他，"扑哧"一声笑出来："胖虎，你太好玩了。有女朋友吗？"

"嗯？"叶景茶愣了一下，可是回过头见计绯然像不过是随口问出来的一样，就跟点烟花一样刚燃起的引子立马被吹熄了，不过他头一次在心里感谢辞夏，给他取了胖虎这么一个好听的外号。

叶景茶自顾自地看着她。

计绯然眼睛亮亮的，唇边沾着酒水，晶莹而诱人。他清了清嗓子，移开目光，问："你知道我为啥会撞上车吗？"

"嗯？"

叶景茶低头笑了一声："那时候突发奇想，问了乌龟一个问题，心想要是它伸头了就是肯定的答复，结果光顾着看它去了。"

"什么问题？"

"如果我向一位选手表白的话，她愿不愿意给我一个机会。"

耳边有烟火绽开的声音，计绯然把目光从天空绽开的火花移回来，眼里的光也跟着转瞬即逝。

她忽然哈哈笑起来，差点没把酒给喷出来："你到底是单纯还是蠢啊？"

叶景茶赶紧递过来一个手帕："很蠢吗？"

计绯然愣了一下，接过来："你是不是个男人啊？"

"随身带方巾就不是男人啊？所谓男人不就是在必要的时候为女孩提供必要的帮助吗？"

计绯然看着这块方巾，解释："我的意思是，要表白就表白，光说喜欢不说名字，还是不是男人！"

计绯然有些狡黠地对上叶景茶一瞬间滞愣的眼神，叶景茶被激得挺了挺胸膛："是，叶景茶暗恋计绯然好几天了，现在想明恋。"

计绯然看了他半天，没说好也没说不好，忽然"扑哧"一声笑出来："你暗恋过多少人啊，胖虎选手。"

叶景茶笑得有些傻气："别看我浪，我可就暗恋过你这么一个，其他的都是瞎恋。"

计绯然笑出来："那有点不公平，我最起码暗恋过一百个人。"

"这么多？"叶景茶隐隐觉得话题有点被带跑了，可是能怎么办，不是只能先顺着来？

"啊！"计绯然忽然尖叫，吓了叶景茶一跳。

她说："我记得我好像还暗恋过甄宥年？"

你记得，你好像？印象有这么不深刻？要是全深刻的话岂不是得暗恋一千个人……叶景茶附和着点头："我看见了，你还打算勾搭他，我那个时候就想这姑娘太有眼光了。"

其实，他那个时候也确实是这么想的，而且还挺可怜计绯然的，毕竟甄宥年油盐不进。

"不过也就暗恋了他二十分钟。"计绯然长叹了口气，"其实稍微好看一点的男孩子我都暗恋过，有时候是十分钟，有时候半小时，最长不过半天。"

"这也算啊？"

"算啊。"

"那最短的呢？"本来是随口一问，可是这一次计绯然却沉默了许久，连着叶景茶的心也沉了一下。

他侧过头看着她，捕捉到她眼里一闪而过的落寞，刚准备扯开话题，便听见她说："三秒钟。"

"啊……"

"就三秒啊。"计绯然对上叶景茶的目光，笑嘻嘻，"因为他长得好看居然随地吐痰，怎么值得被我喜欢，对吧！"

对啊对啊！叶景茶跟着笑，他其实想问：那我算不算稍微好看一点的男孩子啊？如果暗恋我的话，应该不用那么辛苦。

可是没等他把话说出来，远处的篝火晚会已经开始了，一簇火焰腾地燃烧起来，大家欢声笑语一跃而起。

像是烟火，却比烟火更久一点。

叶景茶忽然站起来："我感觉到有谁在召唤我了，你等着啊，我待会儿就回来。"说完朝着篝火晚会那边一瘸一拐地跑过去。

　　计绯然愣了一下，看着他瘸着腿撒欢的样子，怎么看都像是一只小狗。

　　她好像已经喝了半听酒了，站起来向海里慢慢走，冰凉的海水刺激着小腿肚，她打了个寒战，也不知道自己在做什么。

　　不知道过了多久，叶景茶忽然站在人群里叫她："绯绯！"

　　"什么绯绯。"她站在海岸相接的地方，水线撩着皮肤有一丝丝痒。

　　她回身看过去，抬眼的同时一声漫长的哨响伴随着烟火一片一片地在天边绽开，海风鼓起叶景茶的衬衫，光照在他脸上，明明暗暗的。

　　她忽然觉得叶景茶其实也挺好看的。

　　心忽然猝不及防地跳动幅度大了一点。

　　"计绯然！"叶景茶在漫天的烟火下喊她的名字，"恋爱吗？男友大赠送了，凭计绯然的名字免费领取！"

　　计绯然笑弯了腰："是促销产品吗？"

　　"是高级定制！"叶景茶跳起来挥手，一个没站稳就要栽倒在地。

　　计绯然赶紧跑过去，两人不过十几步的距离，明明早就有时间站稳了，可是两人还是一起倒了下去。一瞬间的天旋地转，本来会是叶景茶压在计绯然身上的。

　　结果他忍着剧痛脚上使力，搂过计绯然的腰，然后直直地向后倒去。之前受伤的后脑勺砸在沙里，有点晕，可是特别开心。

　　叶景茶顺着额头抹开脸上的沙子，而下一刻便是更加天旋地转的感觉，计绯然趴在他身上，柔软的唇落在他的手背，而一掌之隔，恰好是他的唇。

手心手背，这是此刻的全世界。

叶景茶缓缓睁开眼，对上她晶亮的眼睛。

她好像有点醉了，脸颊染上一丝红晕，迷糊得让人觉得挺可爱，可是又狡猾地笑着。

"计绯然，你知不知道你在干什么？"

"我知道。"计绯然举着手里黑漆漆的一团，"我也赌了，如果我找到了，我就答应当你女朋友。"

是那只乌龟，叶景茶有点不可思议："你刚刚找这个去了？"

"厉害吧！"

"是不是个傻子？"叶景茶觉得自己心里有什么正在被一点一点地填满，涨得眼睛都有点酸，"我瞎扯的东西你居然这么当真。"

"傻子挺好的，"计绯然笑，"两个傻子为民除害。"

叶景茶按住她的后脑扣在怀里，紧紧地抱住她。她头发上有好闻的味道，烟火在夜空里炸开，映在他的瞳孔里。

可是他看不见计绯然脸上的表情和眼底的湿润。

……

计绯然没有说，暗恋一个人三秒，是因为在第四秒的时候就爱上了这个人，爱一个人是藏不住的。

所谓的三秒钟定理，掉在地上的食物三秒内捡起来就可以吃；看见一个人，三秒钟之内就可以确定一辈子都是他。

而计绯然没什么疲惫生活里的英雄梦想，她太累了，而叶景茶来得恰恰好。

海边好像又有人在放烟火。

辞夏隔得远，只能看见一半，有时候只有天边忽明忽灭的光。

她躺在床上辗转反侧。叶景茶问的问题她还真回答不上来，毕竟自己也没有答案。

没多大一会儿就是夜深人静的时候了，小镇的灯都熄灭了。水滴的声音又在耳边响起来。她趴在窗户上看了很久也没等到叶景茶回来，虽然没什么用，但有个人在好歹有点安慰。

辗转反侧的时候也不知道自己怎么就又爬到三楼去了。

她站在楼梯口看着那扇紧闭的门，脚步迈开了又收回去，然后就这么进三步退两步走到了门口。

辞夏看着门把发呆，然后深呼一口气，握住，往下，门没锁。

犹豫了一会儿，辞夏推开。

属于甄宥年的气息宛如一阵凉风扑面而来，凉风有信，而这一刻她才能确定自己心里这繁杂扰人的情绪来自哪里，睡不着的情绪又是来自哪里。

一时之间感觉自己刚刚的忸怩犹豫简直就是故作姿态，明明想进来想得不行。

她走进去，屋子里的布置很简单，床、衣柜、书架，都是统一的深褐色调，里面似乎有隔间。

辞夏有点做贼心虚，心里被填满的同时，又觉得自己宛如一个变态，自顾自地红了脸。

可是不得不承认,在这里的时候好像就听不见那诡异的滴水声了。她也不知道自己为什么就在床上坐下来,坐完了又想躺下来,躺下来就困了,困了就睡吧,辞夏觉得自己像个流氓。

可是依旧有人,随风潜入梦里来。

15. 光明若可比,正是你

辞夏是被一阵细微的声音吵醒的,阳光打在眼皮上,她迷迷糊糊睁开眼,透过指缝看了一眼站在门口的影子。

“醒了?”

辞夏“嗯”了一声,然后又窸窸窣窣地钻进被子。

数不清是多少秒之后,她猛地睁开眼,眼珠在眼眶里转了一圈,记忆和现实终于衔接上了,然后掀起被子盖住头。

原来不是做梦啊……那刚刚说话的人真的是甄宥年。

甄宥年靠在门框上,看着自己床上小小的一团,忍不住笑:“睡得舒服吗?”

“你什么时候回来的啊?”闷闷的声音从被子里传出来。

甄宥年走到衣柜旁边准备换衣服,说:“天还没亮的时候,想着你打电话是不是有什么事情,就连夜赶回来了,困得不行,可是……”

辞夏觉得被子里闷得慌,她慢慢拿开被子,像是从洞里钻出来的小老鼠一样，悄悄露出一双眼睛，却立马被甄宥年攫住。

"可是发现有人睡我床上。"

甄宥年就穿着一件衬衣，黑色的休闲裤显得腿格外长。他走过来，在床边坐下。

辞夏觉得床边陷进去了好大一块，就像一个深洞，她不得不因为重力的原因掉进去，然后有凛冽又温柔的气息扑面而来……

可事实上两人压根动都没动。

"小珍珠，"甄宥年的声音比刚刚沉了几分，"知道你挂完我电话，又睡到我床上对我来说意味着什么吗？"

"意味着你有一个梦游的朋友了。"辞夏想了一下，闷闷地说了一句。

甄宥年回过头看了她许久。

辞夏蒙着半张脸放肆脸红，就露出一双眼睛，背地里已经开始准备小动作了。

"这么一来你的朋友圈里的趣事，是不是更丰富了一些……"

甄宥年懒得理她瞎扯，不肯移开目光，反而越加深沉："朱辞夏，我是个男人。对于梦游还要特地睡到我床上的女孩，没什么……"

话没说完眼前一黑，他甚至都没有看清楚辞夏是怎么从床上跳起来拿被子捂住他的，还是那种恨不得捂死人的闷法。

辞夏说："大不了下次让你睡我的床睡回来。"说完就跑了。

甄宥年愣了一下，扯开被子的时候人都没影了，床边的两只鞋横一只竖一只，都没顾得上穿，仿佛他会吃了她一般。

甄宥年又无奈又好笑，明明话还没说完呢。

对于你，我向来没什么抵抗力。

不过赶了一夜的路，现在有点累了，就没把她再捉回来。他躺在床上，很久之后才意识到，自己居然睡在她睡过的床上，情不自禁地笑了起来。

像个变态？

沈不周每天早上都会来朱楼跟辞夏一起吃早餐，可是今天觉得一屋子人都很怪，辞夏脸通红，连着耳根也是红的；叶景茶腿上的石膏好像越缠越多，可脸上却一副春风得意的样子，逗弄着那只乌龟。

不是丢了吗？沈不周没细想。他比较担心辞夏，走过去问：“辞夏你脸红一早上了，怎么好像又发烧了？”

辞夏觉得心跳到现在都没有缓过来，反问：“沈不周，我能跟你去沈院住吗？我觉得朱楼住久了会心跳枯竭。”

“怎么会呢？”沈不周拧着眉心，“该不是心脏不舒服，要不要去医院看看？”

他们说话间，甄宥年从楼上下来，很欠抽地说：“小珍珠，鞋落我房间了，不要了吗？”

话音一落，两双眼睛齐刷刷地看向她，就连门口刚准备进来的计绯然都诧异得不得了。

辞夏尴尬地瞪着甄宥年，你是不是故意的？

计绯然张着嘴不敢跨进来：“我还以为今天是我比较头条呢。”

叶景茶的注意力瞬间被吸引过去了，兴奋地喊："绯绯！"

多了几双眼睛一起转向计绯然，叶景茶笑得合不拢嘴，在计绯然的搀扶下站起来，得意地介绍："我女朋友，计绯然。"说完又看着计绯然，"计绯然，我女朋友。"

这会轮到辞夏惊讶了，"你你你你们"了半天也没说出话来，甄宥年倒是一点都不奇怪，而且十分自觉地在辞夏身边坐下来。

辞夏又开始浑身不自在了，为什么只要他走过来，周围就变得有点不一样了呢？

甄宥年可不知道她在想什么，就是觉得有点饿，看着辞夏面前的早餐，说："不吃我吃了啊。"说完不等她同意就连着盘子一起拖到自己跟前了。

这回是沈不周没有拦住，他并不是很关心谁跟谁在一起了，只是比较关心辞夏的早餐，于是格外委屈地说："甄先生……"

"甄先生一晚上没睡，快饿死了。"甄宥年不要脸，故意说得奇奇怪怪。辞夏怎么听怎么觉得这句话有问题，可是又不好意思解释，只能瞪人。

甄宥年看起来真的很饿了，辞夏的早餐被他三下五除二就解决了。

十分欠抽的叶景茶在旁边说了一句："体力消耗这么厉害？"

辞夏简直听不下去了，一拍桌子站起来："不周，我们走。"

沈不周完全一副状况外的样子，茫然地问："去哪里啊？"

"去看沈爷爷啊。"辞夏说着就准备去取包了，却被甄宥年一把拉住了，他眉骨凛硬地拧在一起，看着她锁骨间的那颗珠子。

辞夏心里一沉，差点忘了。

"那……我们就先去医院了啊。"计绯然眼看着气氛好像又不对劲了，赶紧拉着叶景茶出去，顺便抓走了一头雾水的沈不周。

辞夏看着空荡荡的屋子，总觉得这个场景好像挺熟悉。

"什么时候出现的？"甄宥年的声音落下来，变温柔了许多。

辞夏惊醒过来："奶奶说除了我别人看不见这五颗珠子的颜色，你为什么知道？"

"形状不一样。"甄宥年说完，沉默了一会儿又问，"痛了吗？"

辞夏愣愣地看着他的眼睛，宛如深潭，很久以后忽然开口说："甄宥年，我觉得我现在好像在吸毒。"

甄宥年抬眼，没明白她的意思。她声音软软的："吸毒会上瘾的，我要懂得适可而止。"她说完站起来，刚准备跑又被甄宥年按着肩膀坐下来，被迫对上他的视线。

"朱辞夏。"

甄宥年很少叫她名字，她的心跟着一颤。

甄宥年继续说："做你能做的，其他的可以试着交给我。"

"还有，"他松了手，"对我上瘾的话不用顾忌有副作用，这不叫吸毒，叫呼吸。"

"我不痛，"辞夏说，"就是有点窒息了。"

祝安最近好像一直值的夜班，计绯然每天早上来都能看见他，而且气色十分差，今天更差了点。

活该！她虽然心里诽谤得不行，可脸上还是一副春风和煦的样子打招呼："祝医生，早啊。"

祝安从看见她的时候就拧着眉，见她走近了，张了张嘴想说什么，看见后面成群而来的人后面色显然更不悦了。

还没说什么呢，计绯然就跑了过去："辞夏，你先带他去骨科，我待会儿有时间去看你们！"

叶景茶也朝她招手："晚上等你下班，吃恋爱一天纪念餐。"

计绯然笑嘻嘻地点头，可是很明显能察觉到周围气氛瞬间冷凝了下来。

祝安不知道什么时候走到她身边的，准备好了一肚子的话最后被他三个字给堵得一个不剩——

"安静点。"

祝安说完留下一个背影。

计绯然也毫不犹豫地转头，她现在有男朋友了，可神气了，为什么还要在意别人的看法！

叶景茶扯着骨科医生拖了又拖，其实就想等到计绯然得空了来骨科而已。

不过计绯然没等到，倒是等到了祝安。

叶景茶不悦地皱眉："你干吗老跟着我？"

祝安在他旁边坐下来，一副"我百忙之中抽空来见你就是给你的恩赐"的表情问："你跟计绯然现在是什么关系？"

"男女朋友。"叶景茶说，"诽谤小老板就算了，诽谤计绯然的事也不用告诉我，比起你我更相信自己。"

"嗯。"祝安应了一声，将一个信封扔到了他的手里。

叶景茶睁开眼瞥了一眼，看都没看，折了只飞机闭着一只眼睛给扔进了垃圾桶里，然后回祝安一个挑事的笑。

祝安表情一如既往的冷硬，双手插进口袋里："叶景茶……"

这次叶景茶直接打断他："祝安，收手吧。你是医生，应该也知道，哪怕是身体里的器官都会衰老病变离你而去，你凭什么要求一个你天天冷眼相对的人在你身边不离不弃啊？"

其实叶景茶早感觉到了计绯然和祝安之间的关系，不过谁没有个过去呢，他在决定喜欢计绯然之前，不也是整理了许许多多需要舍弃的东西吗？

爱情都是这个样子的，有得有失，又患得患失。

他叹了一口气，其实所有的底气不过都是装出来的。

祝安站起来，一言不发地逆着人群走出了这个地方，然后在门口和计绯然擦肩而过，仿佛真的谁也没看见谁一般。

计绯然跑进来，见叶景茶老老实实地坐在那里，可真像一个等着老师发试卷的小学生。她忽然跳到他的面前，说了这句话。

叶景茶先前的不愉快一扫而光，说："如果我是等着发考卷的小学生，那你一定就是我的一百分。"

辞夏从来没有见过谁谈恋爱有胖虎这么腻的，每天八点准时起来去隔壁提供叫醒服务，然后再带回来吃早餐。

她坐在门口抱成一团，把空间让给那两个人取暖。

甄宥年端着一碗粥过来，问："你怎么老喜欢坐门口？"

辞夏看他一眼，接过粥，赶紧喝几口，说："是不是觉得我挺可怜的，你千万不要被这种可怜的表象给迷惑了。"

甄宥年不知道她在想什么，笑："还好，比起可怜应该还有别的比较可爱的地方。"

辞夏差点呛死，平静了许久才说："甄宥年，我有话跟你说。"

甄宥年下意识想到的是她的珍珠项链，于是目光也跟着移了过去。

辞夏反应过来，有点不开心，难道有话说就只能是有珍珠项链的话说吗？难道不想听别的珍珠吗？

辞夏伸手一把捏住。

甄宥年吓一跳："怎么了？"

话没说出口，叶景茶跟风火轮一样转过来："过两天我绯绯生日，我组织了一场海边大 Party。"说完怕拒绝，赶紧抓住辞夏，补充道，"我出钱，去的人免一个月房租。"

辞夏果然吃这套，原本兴趣索然的脸上立马神采奕奕："去！"

小老板决定要去，甄宥年肯定会不请自来了，叶景茶一下子就抓住了甄宥年的把柄，甚至骄傲到压根儿不邀请他。

甄宥年内心极度不屑，看着胖虎脸上恨不得都漫出来的得意，砸场子："叫上你的前女友们？"

"喂，年哥！"叶景茶恨不得扑上去捂他的嘴，回头看计绯然走出来，跟涉黄被扫了一样主动交代，"绯绯我错了。"

计绯然一头雾水，看看甄宥年，又看看辞夏，瞬间脑补出一场大戏，捂嘴道："干吗，你不会忽然想开了，想当着我的面跟甄宥年出柜吧？"

"不是，我错在考一百分之前考了许多个不及格。"叶景茶态度诚恳。

计绯然笑出来："行，再接再厉，陪你一整天当奖励。"

于是，两人撒欢着去约会了。

辞夏一脸茫然地嘀咕："什么一百分不及格啊，他俩都开始有自己的团队语言了。"说着悄悄瞥了一眼甄宥年，却看见了门口奋力往外爬的乌龟，立刻跳起来，"完了，龟爸约会哈哈笑，龟儿子在家气得跳脚。"

甄宥年提醒她："你不是要跟我说什么的吗，我怎么争不过一只乌龟？"

"明明是被胖虎打断的啊？"可是胖虎早走了，辞夏脸有点红，硬着头皮，"等我组织好语言再跟你说。"

本来以为甄宥年会继续说什么的，可没想到他的注意力也被乌龟吸引去了。

通体全黑的乌龟，前爪的颜色稍微浅一点，像是泡褪色了，仔细看的话，背上的壳有被什么勒过的痕迹，但是又像是原本就长出来的花纹。

甄宥年的眉心越拧越紧了。

辞夏也越来越不乐意了，甄宥年还没有用这种认真的眼神看过她呢，她恨不得想跟乌龟争风吃醋。

只听甄宥年说："夏夏，你不觉得它的眼睛像一颗珍珠吗？"

辞夏一愣，忽然听不见自己心跳了，不是因为这只奇奇怪怪的乌龟，而是甄宥年刚刚喊她，夏夏。

夏夏……她还没听谁叫过她夏夏呢，只听胖虎喊过绯绯。

她愣生生地盯着甄宥年的侧脸，而甄宥年回过头，并没有注意到有什么问题，反而对辞夏愣神有些疑惑："小珍珠？"

辞夏心里一顿，心跳声回来，她慌乱之间毫无防备地对上那只龟的眼睛。

晶莹、黑亮，比黑珍珠的颜色还要更深一点，而这种黑，似乎能把她吸进去一样。辞夏忽然觉得自己有点挪不开眼睛了，视线被狠狠扯住，连脖子也无法动弹，甚至忘了呼吸，又或是不能呼吸。

"小珍珠？"甄宥年眼看着辞夏的脸色从红润涨得通红，好像是憋着气一般，立马明白了点什么，"朱辞夏，呼吸。"

辞夏后退一点，终于缓过气，大口大口地呼吸："这只乌龟……"

甄宥年替她顺着气："怎么了？"

应该是第二颗珍珠了。

16. 是空空荡荡，又猎猎作响

朱瑾之前说过，珠灵和恶魂最直观的区别，就是珠灵有人形，而恶魂是没有的。

那么，这该不是恶魂吧？

辞夏不知道哪根筋不对，甚至顾不上甄宥年奇怪的眼神，将乌龟四条腿一缠，五花大绑绑在朱楼最中间的货架上。

甄宥年莫名其妙，虽然挺心疼胖虎的，但也担心这就是恶魂，就由辞夏去折腾。

胖虎回来看到的就是龟儿子被绑在了朱楼正中央，他急切地大喊：“小老板！”

辞夏差点从楼梯上滚下来。

叶景茶气死了，赶紧去救小白：“你虐待我就算了，怎么能虐待小动物呢？”

辞夏想说这不是小动物，可是又没底气，照上一次的恶魂来看，这只龟要是恶魂的话，那也太温顺了点。而且最近……除了上次做过一个溺水的梦以外，就没有任何不对劲儿了。

她也怀疑自己是不是误会了什么，于是支支吾吾半天，一本正经地解释：“我觉得小白老待在壳里太闷，对身体不好，就拉它出来做伸展运动……"

"你是不是想气死我！"这是个什么解释，叶景茶气，"不是怕年哥踢我，我早给你挂门口让你舒展四肢了。"

辞夏老觉得一旦扯到甄宥年她的重点就有点奇怪，甚至完全没想生叶景茶要把她挂在门口的气。

叶景茶见人愣在那里，心想自己话是不是说重了，救下小白后赶紧转移话题："我年哥呢？"

"在楼上啊。"可是一想又不对，甄宥年中午那会儿就上去了，说有点困睡一会儿，现在都睡到晚上了。

叶景茶估计是看出来点什么，一边抚摸自己的小白一边说："你可赶紧上去看看吧，我年哥还没吃晚饭吧，他胃不好，不吃饱的话估计晕过去了你还不知道。"

这么严重？辞夏不信，可是人却踏着楼梯咚咚咚地早跑上去了。

叶景茶仰着身子躺在凳子上，自己可真是大爱无疆，堪比月老了，想到这里心里美滋滋，不过……他盯着水缸里的龟，怎么一动都不动，该不会被玩死了吧！

辞夏站门口忸怩半天才敲门，可里面没人应。耳边还有叶景茶的恐吓，心想该不会真饿晕过去了吧，于是畏首畏尾地推开门。

满室温暖的香味迎面扑来，混着一丝凉意稍纵即逝。窗帘拉得很严，只有落地灯一点点微弱的光，像是灯泡坏了一样，一闪一闪的，照着床上的人——甄宥年四仰八叉地趴在床上。

．

辞夏心里发怵，喊："甄宥年。"

依旧没有人应。

辞夏走过去，没两步门却自己关上了，明明没有风来着。她想不明白，可是心里依旧很努力说服自己，肯定是刚刚自己顺手给带上了。

正这么想着，冷不防一声"朱辞夏"却让她打了个寒战。

她看着床上的人。

甄宥年忽然盘腿坐起来，微弱的光下，她居然还注意到了他领子上的褶皱。

明明是甄宥年的声音，却又不是他的语气。因为喊过太多次"朱辞夏"了，这三个字的音节差不多都刻进她心底了。

辞夏心里一沉，警惕起来，问："你是谁？恶魂？"

"我是恶魂？"这道声音比甄宥年原本的声音更沉了几分，也更慢了一些，仿佛按下了 0.5 倍速的播放键，"我是恶魂我早把你吃了，还等你把我绑在门口？"

果然是那只乌龟。可是，辞夏现在只关心甄宥年有没有事，所以语气有些急："那你干吗附在他身上啊，你有本事出来跟我讲啊。"

"就你瞎担心。"对方语气也不怎么好，"放心吧，我只是借用一下他的身体待会儿就还给你了。毕竟本身不能说人话，我也没办法。"

"那你就是珠灵了？"辞夏这回聪明了点。

对方不置可否，自说自话："我活几百年了，被人五花大绑还没有过，我受不了这个委屈。"

辞夏没明白他什么意思。

"我不管，我委屈了。"

辞夏就看着甄宥年坐在床上，温暖的黄色灯光照在他的身上，唯独能看见他的瞳孔，宛如黑曜石一般。

可是这只臭乌龟，居然用这么好看的皮囊，说我不管我委屈了？

辞夏心里有点毛，开始求人："那你说吧，你怎么才能从他身上下来。"

"我也要把你绑起来。"

"什么？"

辞夏反应过来的时候，自己已经躺在了甄宥年的床上，不知道是被什么东西缠着手脚，跟电视剧里绑亲一样，总之就是动弹不了。

"甄宥年"盘腿坐在床尾，拍了拍手嘿嘿笑："这样我就开心了。"

辞夏手被缠在身后，心里暗骂一句，咬咬牙："快说吧。"

对方不慌不忙："先警告你和那个傻子，我不叫小白，我也不是他龟儿子，你可以直接叫我珠名，玄武。"

"玄武？"辞夏这么仰躺在床上，压根儿看不见人表情，只能听见说话的声音，还好声音跟甄宥年还是有些出入的，所以不至于那么出戏，"我奶奶说珠灵都可以有人形的，你为什么是一只乌龟？"

"做人烦死了。"玄武说，"要穿衣服要社交，吃饭要用碗，睡觉要用床，不如本身轻松。"

辞夏想了想，觉得他说得也挺有道理的："所以你来朱楼，是因为恶魂出现了吗？"

　　"是我来朱楼的吗？"玄武十分不乐意，"我明明就是被那傻子给捉回来的。"

　　……

　　楼下胖虎还在桌前使劲晃他的乌龟，怎么还不醒，他恨不得要流泪了。

　　……

　　玄武絮絮叨叨说了许多，大致就是活了这么久就算有人形也早烂了，当龟也没什么不好之类的，最后才说重点："其实我不知道玄武珠的恶魂在哪里，朱雀应该告诉过你，如果它寄附在人身上的话，我们是感觉不到的。但是既然我机缘巧合恰好在朱楼了，那么证明恶魂已经开始蠢蠢欲动了。"

　　"这个你不说我也知道啊。"辞夏嘀咕着。

　　玄武忽然顶着甄宥年的脸扑过来，撑着手在她上方，眼神直直地盯着她。

　　辞夏脑子"轰"的一声炸开了，脸瞬间涨得通红，话都说不清楚了："你……你……你干吗……"

　　"我就是想警告你，珠灵并没有为守珠人找到恶魂并把自己弄到奄奄一息的责任和义务，只不过是在你封印恶魂的时候召唤出来的帮手而已。而朱雀是因为原本是你奶奶，所以才扯那么多事帮你帮到底，但是你也看到了，她自己并没有什么好下场，本身永远是一只失去了半边翅膀的朱雀。所以，我才不要变成一只没有壳的龟。"

　　辞夏只觉得自己心里大起大落的，看着甄宥年的脸，小心翼翼地问："那朱瑾，我奶……朱雀怎么样了？"

"能怎么样……"玄武皱起甄宥年好看的眉头，似乎是有点晕了，甩了甩头，"谁在摇我？"

"嗯？"

辞夏压根儿没反应过来，只见甄宥年身子一软，直接扑在了她的身上。

这会儿真的是爆炸了，甚至能感觉到属于甄宥年的呼吸均匀地扑在她的耳垂上，耳后最薄的皮肤那块，明明热到通红，却有一丝淡淡的冰凉，来自于他薄削的唇。

"你……你醒醒啊，玄武……小白？"辞夏要哭了，"甄宥年……你占我便宜……"

可是甄宥年一动不动，辞夏也根本动不了了，她觉得自己可以死了。

与此同时，楼下的叶景茶大喊一声，手里的乌龟脑袋终于从壳里伸出来了，他简直喜极而泣："小白，爸爸爱你！"

爱你大爷！让你占我便宜！玄武一生气，咬了叶景茶一口。

甄宥年悠悠转醒的时候，已经是深夜了，两层窗帘隔着，并不能看到外面的月光，落地灯的光像是被罩上了一层薄雾一般，有点看不清。

一阵不属于自己的清香钻进鼻翼，他愣了一下，看清自己身下的人的时候，心跳停了一下。

辞夏眼角还湿盈盈的，睫毛厚厚的一层，盖在眼睑下方，轻轻颤动，眉心微微皱着，睡觉都不肯放松。

甄宥年回想了一下发生了什么，可是实在记不起来，只有一些破碎的影像和声音在脑袋里面词不达意。

他也懒得想了，因为他压根儿想不到自己对小珍珠做了什么。他轻轻抚平了她的眉心，温香软玉，甄宥年脑袋里面下意识地冒出这几个字。

他撑着脑袋看了一会儿，觉得实在没法再睡下去了，这样要是还能睡着简直不是人。

甚至觉得这个屋子都没法待下去，于是就去顶楼吹风。

朱楼一共小四层，最上面是一个阁楼，伸出去一片小阳台，以前估计是种了花之类的，还有看起来很久没有打理过的葡萄架子，但这个季节叶子长得还挺好。

甄宥年走到最前面，在厚厚的水泥栏杆上坐下来了。远处能看见风平浪静的海面，月光洒下来，宛如一条银色的小刀，割海成路。

街口一辆车驶进来，停在了朱楼楼下。

甄宥年看了眼时间，已经是凌晨两点了，他垂着眼睛不动声色。

祝安从车上下来，径直走到了隔壁，那是计绯然的家。

甄宥年皱了皱眉，隐隐觉得这事不应该管得太多，可是自己也挺无辜的，不过上来吹风而已，鬼知道能撞上什么八卦。

他想了想，没有动。隔壁没多大一会儿就传来动静了。

计绯然向来睡得晚，今天八九点的时候叶景茶还举着一根被乌龟咬伤的手指对她号了半天，好不容易给安慰完了吼回去。

这会儿刚从浴室出来便听到开门的声音，她愣了一下，刚提起来的心又放了下来，推门出来，果然是他。

祝安穿着灰白色的纤麻衬衣，袖子挽到了小臂处，站在进门的大厅里。

计绯然靠在二楼的栏杆，笑了一声："报警了啊，祝医生。"

祝安抬起头，眉眼一如既往的冰冷："玩够了吗？"

"玩什么？"计绯然轻蔑一笑，两手撑着栏杆，"玩够了就收了心，差不多可以嫁人了，你说是吧。"

"下来。"

"你出去。"计绯然也没什么好脸色，"祝医生，你最好搞清楚，这里是我的家，你擅自闯进来还这个态度，你有什么了不起的？"

祝安抿了抿唇，沉默了许久，语气却比刚才明显温和了许多："既然不让我随便进来为什么要给我钥匙？"

"哼。"计绯然笑，"以前傻啊，谢谢你今天来提醒，我明天一大早就换锁。"

祝安目光周游一圈，落在门口那一双男士拖鞋上，横七竖八地歪在一起。他深呼一口气："计绯然，我希望你适可而止。"

"哈？"计绯然干笑，眼睛都气红了，"什么叫适可而止？我以前傻不拉几追你的时候，你让我适可而止；我现在适可而止了，谈恋爱谈得好好的，你又来让我适可而止。祝安，你别以为你算什么，你从头到尾除了仗着我喜欢你你还能干什么？可我老早就看不起你了，你不喜欢我可以，你凭什么三番五次扔叶景茶的东西？就因为他是我男朋友？"

计绯然也没想到男朋友三个字能这么轻易地从自己嘴里脱口而出，只是说完之后喘了很久的气。

很长的时间里，祝安一言不发。计绯然却忽然觉得心里舒服多了。

舒服多了。想到这里，计绯然愣了一下，她居然还有点高兴，居然……不难过？她手抚着胸口，仔细感觉了一下，居然真的不难过！她恨不得立马跟叶景茶分享这个好消息。

祝安凝着她眼角的笑意，眼神如同结了冰一样："到尾？"

计绯然释然了，说话语气也好了许多："对呀，到尾了，现在不喜欢你了。以前太傻了，谈恋爱不就是图个身心愉悦吗？可我不知道为啥死脑筋天天让你往死里虐，现在想开了，遇到对的人觉得好多了，特别开心，找到初心了。"

祝安垂着头，计绯然看不见他的眼睛，也懒得去看了，进房间的时候朝着祝安挥了挥手说："祝医生再见啦，待会儿记得帮我关上门，这把锁以后不会随便开了。"

……

祝安不知道在原地站了多久，再抬眼时，千言万语消散于唇齿之间，他看着自己手臂上深深浅浅的伤痕，很早以前受伤的时候，有人急得不得了立誓要当护士的。

他皱了皱眉，居然忘了自己为什么要来。

转身，忽然有一种风吹进了胸腔的感觉，空空荡荡，又猎猎作响。

汽车的尾气消散在黑夜里，与此同时，隔壁窗里的灯也关上了。

整个小镇迎来了最黑暗的时候，甚至睁眼闭眼都是一样的黑。

甄宥年忽然觉得有点冷。

他一直到天蒙蒙亮才下楼，路过自己房间的时候想了想，还是不要进去了，于是就在外边客厅的沙发上睡了一觉。

醒过来的时候，他差点没吓死自己。

辞夏坐在旁边，杏子一样的眼睛瞪着他问："你什么时候醒的？"

"我？"甄宥年坐起来，"我刚醒啊。"

辞夏继续问："那你记得昨天晚上发生了什么吗？"

辞夏估计也醒没多久，声音还有点没睡醒时的娇憨。甄宥年觉得心里有点胀满的感觉，坐起来看着她："记得，你梦游了。"

辞夏准备好的一肚子话就这么被堵了回去，只得回道："是，我经常梦游。"说完了站起来，僵直着身体走了两步。

甄宥年却故意叫住人："你为什么每次梦游都往我床上跑？"

辞夏镇定地回头："没有每次，我基本每天都梦游，一年三百六十五天到处跑，你看只有两天跑到你房间了，三百六十五分之二，是不是显得很少了？"说完自己都想找个洞钻进去，什么傻子理论。

可是有人比她更傻，叶景茶踏着楼梯，跟地震一样跑上跑下，焦急地问："我小白呢？为什么又不见了？"

还敢说那只乌龟，辞夏恨不得拿来炖汤喝了！

叶景茶冲过来："今天水边烧烤小白要当乌龟慢递给我送礼物的，带着我一条二十八的项链居然不见了？"

"二十八？"辞夏心里不齿，"好歹人生日，你送个二十八不觉得有点……"

叶景茶急得不行，言简意赅："单位万。"

辞夏生生吞了一口水，干笑两声，心里立马开始咒骂"败家子，暴发户"，嘴上却问道："那乌龟又跑了？"

楼下计绯然已经开始喊人了："胖虎，走啦！"

"哎！"胖虎应了一声，看着甄宥年一脸哀求的样子，"年哥，求您了，我那龟儿子的差事就交给你了，完了你随便踢我都无所谓。"

甄宥年还没同意呢，叶景茶就迫不及待地跑了。

Episode.5
黄粱梦空

"十年后双双，万年后对对，不是我跟你。"

17. 少年的惊悸终安睡心底

叶景茶跟计绯然先去买晚上 BBQ 要用的东西顺便布置场地了，辞夏和甄宥年可以晚点到，所以辞夏就得被迫跟甄宥年去正规珠宝店给计绯然买礼物了。这是叶景茶的原话，说，老人才戴珍珠，我年轻貌美的绯绯只有钻石才配得上。

辞夏气死了，差点没把叶景茶给扔到南非去挖钻。

他们去了偏城区的地方，辞夏挺少出来的，这会儿只会跟在甄宥年后面，像只小狗。

珠宝店里晃眼的灯照得辞夏头晕，果然还是适应了珍珠的温柔。不过，辞夏看着甄宥年的后背，他为什么这么轻车熟路，私下究竟进来过多少次？

导购小姐走上来，笑容可掬地问："先生，是给女朋友买首饰吗？"

辞夏一愣，对上甄宥年的目光，赶紧摆手："不不不，不是的。"

导购小姐脸上的笑一时之间有点尴尬。

甄宥年解释："嗯，她给我买。"

"啊？"导购估计看出来他是在开玩笑了，捂嘴轻笑。

甄宥年也挺随意的，别人推荐他买什么他付钱就是了，反正也不是自己的钱，付得就更有劲儿了。

等人包装的时候，他看了一眼傻坐在旁边的辞夏，感觉跟回错了巢的小鸟一样浑身不自在。

从珠宝店出来的时候，她还真是只鸟，立马就放飞了："大概是同行，我觉得竞争太大了，进去都觉得克死我了。胖虎这笔账我一定要算，吃里爬外不是人！"

甄宥年正在开车，被辞夏吐槽得心里一突一突的，想了想，刚刚买一送一的东西还是没有拿出来。

辞夏枉在玉盘镇待了这么多年，还不知道玉盘镇有这么一个地方。

比较靠近内陆的地方有一大片湖，走过长长的堤坝，到头了是一片草地，水浅的时候会露出中间一条长长的草梗，像是一道天然的小桥，大概两百多米，连着湖中央的一个小岛，上面还有一个小哨台。

是真的小岛，特别小，跟小山包一样的小水包，大概也就能让两个一百人的广场舞团队练舞而已，不过幸好这边没有什么舞蹈队来迎风尬舞。

胖虎和计绯然已经在那里了，两人不知道在折腾什么，一个比一个笑得开心。

甄宥年见辞夏满脸陌生，问："你不知道这里吗？"

"不知道啊。"

辞夏背着手往前走，傍晚的风吹过来，透过衣服吹进了皮肤里，窸窸窣窣格外舒服，她伸了个懒腰："我十二三岁来的玉盘镇，那时候我奶奶已经是守珠人的身份了，就绕着朱楼给我画了个圈，圆圈以外哪里也不准去。"

甄宥年走在后面："那以前呢？"

辞夏忽然停下来，眼睛看着很远的地方："以前……在家里啊。"她侧头看了甄宥年一眼，有些娇俏，"你该不会以为我是个孤儿吧？"

甄宥年还真这么以为。

辞夏笑起来："我妈妈去世得早，但我还是有爸爸的，在离这里不远的城市，工作很忙基本对我不管不顾，我十岁的时候他入赘一个富豪家，觉得我麻烦，对方也不喜欢我，带了几年就把我送到这里了。"

甄宥年沉默了好一会儿："从来没听你说过。"

远处计绯然先注意到了这边，隔着一道天然的小桥挥手喊："辞夏！"

"哎！"辞夏跟着挥手，然后回头继续说，"因为沈不周没有家人，我觉得两个人相依为命最好的契机就是拥有一样的身世。"

"他有那么重要？"

"嗯。"辞夏想都没想，重重点头，"很重要。"说完朝着那边跑去。

甄宥年却停在原地，看着她的背影，站了好一会儿。

傍晚的时候岛上的人差不多都散了，叶景茶掉饬了一下午的灯就等着这个时候，他站在小岛边上，喊："一，二，三！"

从他跟前的那盏灯沿着整个小岛的边沿，像是多米诺一样，一盏一盏瞬间照亮了整座小水包。中间一丛篝火也燃烧了起来，而他们站在岛上，宛如站在了点满蜡烛的生日蛋糕上。

计绯然站在最中间，笑颜盈盈的，辞夏看了都要心动了，正娇羞着摇头晃脑的时候却被甄宥年一把给拉住了。

"灯够多了，数你最亮了。"

"干吗？"辞夏特别不乐意，"沈不周还没来呢，他晚点过来，我等等他，等他来了你就最亮了。"

甄宥年停下来，很有耐心地看着她，说："放心吧，不会的。沈不周身体不好，我担心他吹感冒了，就让他在朱楼守店了。"

"真的假的？"辞夏不信。

甄宥年拉着她到小水包头上的石头上坐下来，面前是漆黑的湖面，倒映着岸上临河小区的灯火盏盏，弥补了天上没有星星的遗憾。

身后篝火越燃越大，辞夏回头看了一眼，计绯然和叶景茶正在小哨台上烤肉，于是问："胖虎是不是想把我们也烤了？"

甄宥年笑出声："那让他给我俩烤个骨肉相连。"

"那岂不是亲兄弟了。"辞夏低估了一声，话题跳了二十层楼，"甄宥年，你是不是不会游泳啊？"

甄宥年莫名其妙侧头过来，月光映着他的瞳孔格外亮，他犹豫了一下："是吧。"

"那我把你推下去岂不是完蛋，反正我也不会游泳。"

甄宥年看她半天："你是不是在组织语言想跟我说什么？"

是的，辞夏一紧张就喜欢瞎扯。

小哨台就一个三米高的小平台，被叶景茶拿小彩旗彩灯围了一圈，灯火璀璨的，烤个肉整得跟迪厅舞台一样。

计绯然笑死了，弯了腰好不容易直起来，说："胖虎，你什么时候带我去你称霸的迪厅里逛逛啊，我觉得你打碟的时候一定很闪亮。"

胖虎不好意思嘿嘿笑了两声："行，你去了他们都得叫你嫂子。"

"你叫胖虎，他们该不会叫我胖嫂吧，我不要！"

"怎么可能？"胖虎叶景茶赶紧纠正，"也就你和小老板这样叫我，鬼知道谁给取的绰号，我唱歌可比胖虎好听多了。"

正这么说着，一阵小狗的叫声混着铃铛声撒欢着由远及近，两人反应过来的时候，小狗已经跑到了计绯然脚下扒拉她的腿了。

计绯然吓了一跳，是一只小柴犬，眼睛狭长样子呆呆，脖子上缠着一个粉色的铃铛。

叶景茶没有注意到计绯然眼底的错愕和手上的迟钝，蹲下来一把捞起来教训道："你别扒坏我女朋友了，是不是想吃烤狗肉？"

计绯然笑，自己却没听出来，这笑声一点都不好听。

沈不周喘着粗气跟着小狗跑过来，看见只有计绯然和叶景茶松了口气："对不起对不起，我来晚了。"

计绯然眼神在灯光下有些闪烁，问："这狗你带来的？"

"嗯。"沈不周还没有察觉到什么不对，"师父在医院无聊，医生说找一只小动物陪他比较好，祝医生就把他们家狗抱过来了。"

计绯然点点头，下意识地去找叶景茶。

只见他抱着狗早朝着朱辞夏那边跑过去了。沈不周还想说什么，顺着铃铛声看过去，忽然大喊一声："啊，糟了，辞夏！"

辞夏怕狗，沈不周最清楚了。

他来的时候一边怕自己迟到，一边又不知道怎么把狗还给祝医生，好不容易找着祝医生的电话。

谁知道祝医生还十分放心地让他先带着，说待会儿过来接。于是沈不周就先来了，可又担心吓到辞夏，就一直没过去，在前面堤坝上等了快两个小时，谁知道一不留神这小狗就撒欢着跑过来，他追都追不上。

计绯然拧着眉看着他们一个接一个地跑过去，回头看了一眼对面的河岸，一辆车停下来，有人从车上下来，跟她隔岸相望。

．

计绯然自嘲似的笑出声。

辞夏半天没说话，就是因为听到了一阵狗叫声。

这会儿狗叫声越来越近，她的心也越来越慌，哪有心情跟甄宥年说什么话啊，她赶紧站起来，保持一种提防的姿态。

甄宥年奇怪地回头看了一眼，叶景茶拿着两串大肉串朝着这边跑过来，辞夏都快哭了，问："你朋友为什么跑出了狗叫啊？"

"这有什么，"甄宥年还没明白怎么一回事，站起来补刀，"他还能笑出猪叫。"

"啊！"

可是下一刻，他心念过的温香软玉就忽然朝着他投怀送抱了，实打实的，有一种心里的空缺被填满了的感觉。

辞夏紧紧搂住他，一点缝隙都不留，藏在他怀里，声音瞬间染了些哭腔，说："胖虎不是人他是不是想咬我……"

甄宥年刚站起来，站在凹凸不平的石头上哪禁得住这么一扑啊，差点给扑到下面水里了，幸好腰力比较好。

他忍着笑在辞夏头顶说："你还真想把我推下去啊？"

叶景茶气喘吁吁地停下来，刚放下狗，就看见辞夏恨不得钻进甄宥年怀里，他还是头一次看见甄宥年这副受宠若惊又蒙逼的样子，打趣道："你俩干吗呢？今天是我的主场，你俩要是敢喧宾夺主的话把你们丢进海里！"

　　他也是看甄宥年无暇顾及他才敢这么嚣张的，后面沈不周赶紧跟上来，完全不看形势一把捞起小狗，连连道歉："辞夏，对不起，我马上把它丢出去，你别怕了。"

　　叶景茶拦都拦不住，心说：别拿走啊，就放在这里，让他们抱，抱到夜场结束，免得抢我风头。

　　可是沈不周哪舍得啊，早带着小狗退场了。

　　眼看着甄宥年已经目光不善地要踢他了，叶景茶赶紧装无辜："我来给你们送串的啊，我又没做错……"

　　辞夏跟个雷达一样，感觉到狗已经脱离自己方圆一百米之外之后，才敢松开甄宥年。刚刚是被吓蒙了完全是本能的动作，现在有理智了，松开的时候又重新抱了一下，举止十分可疑像是在揩油。

　　完了还十分有理，她振振有词道："我没看清就瞎抱的，是个树桩我可能还爬上去了。"

　　怀里空了，风吹着居然有些冷，甄宥年一直看着她，看着她脸渐渐红透，嘴角勾起一抹笑，温柔道："小珍珠，你刚刚说什么？"

　　"没听清算了，好话不说第三遍。"辞夏红着脸，退得老远，然后跟百米冲刺一样撒欢着跑去找计绯然。

　　一时之间海边只剩甄宥年和叶景茶了，叶景茶这个时候长叹一口气："年哥……"

　　跟在外面受欺负了回家找家长一样的表情。

甄宥年看了他一眼，想必祝安和计绯然之间的事他们已经知道了，关于昨晚也就没提什么。

可没提，叶景茶都脆弱了，唉声叹气道："你觉得……绯绯能忘掉祝安吗？我觉得他俩的过去存在感实在是太强了，我怕我和计绯然才认识三个月不到的时间太薄弱了。这只狗一看就是祝安的，估计是他们一起养的狗，绯绯看见这只狗的表情我的心差点碎了。"

"碎了就粘起来，胶水钱找你爷爷报销。"

甄宥年可真冷酷，叶景茶更惆怅了，看着甄宥年，最不能触及的一句话却被自己断断续续给说出来了。

他问："年哥，你是怎么忘掉……那个……她……的啊？"说完看甄宥年脸色不对又慌张地解释，"我就想知道，你现在对小老板……是不是真的可以忘了一个人？"

甄宥年的目光一直紧跟着辞夏，见她安全地跟计绯然在一起了，才说："对你自己有点信心。"

他避开了叶景茶的问题，拍了拍叶景茶的肩，因为这个问题实在没什么好回答的。

因为刚刚朱辞夏在他耳边，用比呼吸还要小的声音说，我喜欢你呀。

辞夏跑过来的时候计绯然的肉都给熏黑了，她提醒道："今天吃熏肉吗？"

计绯然回过神来，"啊"了一声，悄悄把这串肉给扔了："你怎么抛下恋爱现场来这边了？"

辞夏脸红："什么恋爱现场啊……"

计绯然调整了情绪笑得意味深长："我觉得挺行，以前老看你蹲门口，除了跟沈不周、沈凤仙话多没见过你跟谁多交流，在学校也是，我都怀疑你自闭症了。现在我恨不得怀疑你多动症。"

有那么大的变化吗？辞夏觉得自己以前还好啊，除了不喜欢跟人接触之外。想了一会儿还是有点不好意思，目光落在计绯然脖子上的钻石项链上，这应该就是不久前甄宥年帮忙挑的，哎哟，这个男人眼光为什么这么好！

她感叹了一声："真好看。"

计绯然意识到她在说什么，微翘着下巴，说："当然啦，我第一次收到蕴藏着爱意的生日礼物呢。"

"胖虎可真好。"辞夏心想自己简直太善良了，明明刚刚胖虎还放狗咬她，她恨不得撒点孜然把人烤了，现在就开始在人面前替他美言了。

计绯然觉得也是这么一回事，一边重新烤串一边说，不知道是炭火还是旁边的小彩灯，照着她的脸颊红扑扑的。

"辞夏，我觉得我现在挺喜欢他的，虽然没有曾经爱人那样轰轰烈烈，但是也一天比一天多喜欢一点了。"

辞夏知道她是在说祝安，本来还挺担心她忘不了旧人，现在看来胖虎真是上辈子做尽了好事。

计绯然笑，梨窝浅浅："年轻的时候觉得爱情是遇到一个人，恨不得把全世界都给他，而现在，有个人能陪着自己一起看全世界，就是爱情了吧……"

她把烤好的玉米递给辞夏:"我觉得胖虎就刚好,所以谢谢你和甄宥年,把胖虎带进我的生命里。"

辞夏接过想说什么,却发现周围的温度瞬间冷了下来,连风都静止了。她看着前面走过来的人,笑意凝在嘴角,下意识地往后退了一步。

"怎么了?"计绯然回过头,也愣了一下,刚刚还以为是自己看错了,原来真的是祝安。她放下手里的东西,扯了围裙扔在旁边,"祝医生很闲?"

祝安眼神微沉,目光从她身上移向后面的辞夏身上。

辞夏心里一怵,直觉有哪里不对。等反应过来的时候,祝安已经走到了她的面前,她整个人都被罩在阴影里。

她紧张地往后退了一步,背后便是漆黑的水,还差半步就能掉下去了。她慌张地看着祝安的眼睛,胸口的珠子连着身体的感官开始出现异样的感觉,是窒息。

这种根本没有办法呼吸的感觉又来了,就像那天的那个梦一样。

辞夏有些不确定,很艰难地发出两个音节:"祝……安?"

祝安伸出手,露出小臂上像是被细绳勒出的痕迹,还有袖子上那个宛如眼睛一样的黑珍珠,诡异而耀眼。

那是……玄武恶魂?可是,为什么会在祝安身上?

"朱辞夏,你该死了。"

"祝安!"计绯然忽然上前。她拦在辞夏面前,凶狠地看着祝安的眼睛，有那么一刻她忽然觉得，这个人并不是祝安。

从那天忽然出现在她家里的时候开始，她见到的祝安，就不是祝安了。

"祝安，你知不知道你在做什么？"计绯然说出来的语气比自己想象的要平静许多。

祝安面无表情，垂眼看着她："计绯然，你只是不愿意承认你曾经爱过的人，内心也盘踞着一条蛇而已。"

"我很清楚自己在做什么。"他收回目光，看着计绯然的眼睛，"我心里所有的厌恶都是真的，对朱辞夏，还有你。"

还有你。

计绯然只感觉有什么东西在一点点破碎，她忽然就不能动了，就这么看着祝安欺身过来，他伸手覆上她的眼睛，冰凉没有任何温度的一只手挡住了她整个世界，然而另一只手轻轻附上她的脖子，狠狠地攫住她的喉咙。

他知道人体的结构，知道怎样让一个人最快死亡。

计绯然说不出任何话，只感觉窒息感在胸前渐渐膨胀，她手里还握着烧烤用的小刀子，她努力强迫自己一刀一刀划上他的手臂。

吃痛的祝安狠狠将她甩在一边。

计绯然撞上烧烤架，晕了过去。

辞夏已经没有力气做什么了，突如其来的窒息感让她不得不抓着自己的喉咙蜷在地上。她远远地看着甄宥年的方向，他站在光与暗的交界处，背影像是一棵挺拔的树。

"甄宥年……"辞夏在心里喊了无数声，一直到祝安的腿挡住她的视线。他轻轻一抬脚，她便被踢了下去。

最后一眼，她好像看到甄宥年回了头……

18. 你是种不可抗拒的引力，游走在若即若离的身体

这一切发生得极其快，甄宥年和叶景茶仅用了一分钟不到的时间便赶了过来。

甄宥年三两下擒住了祝安，眼神凛利如刀："我知道你不是祝安，别太嚣张了！"

他将忽然间像是魔怔了一般不会挣扎的祝安推向叶景茶，几步走到哨台边，凝眉看了一眼漆黑的水面，下一刻便只听一声水花激荡的声音，甄宥年毫不犹豫地跳了下去。

祝安眼神仿佛失焦了一般，就这么一动不动地站在那里。

叶景茶并没有管祝安，他急匆匆地抱起晕在地上的计绯然。

她长长的睫毛上沾着泪水，脖子上的指印清晰可见，手和胳膊上被掉落的炭火烙得血肉模糊，她手里还握着一把切肉的小刀，上面鲜血淋漓……

叶景茶心里一凉，这才看见祝安的小臂上几道狰狞的伤口，血沿着清晰的脉络滑到手心，顺着指间一点点往下滴落。

叶景茶打了电话叫救护车，随后，将电话一扔，平日嬉笑的面容上戾气横生。

"祝安。"叶景茶声音不起一丝澜漪，与平时判若两人，"你对她做了什么？"

祝安目光僵硬地转动，看着被叶景茶抱在怀里像失去生命的人，眼睛里终于凝回神，似乎有点恍然。他捏了捏手，看着自己手上的血，倒映着瞳色也有点红，讷讷地道："忘了……"

如果叶景茶有枪的话，现在一定会朝他毫不犹豫地扣动扳机。

祝安……心里咬牙切齿的声音和怀里的人梦魇里呢喃的声音一模一样。

叶景茶愣了，觉得自己没有打在祝安身上的子弹现在加了百倍地打在了他的心上。

"绯绯……"

他抱起她朝着医院狂奔而去。

最开始被火烧的感觉，现在溺水的感觉，都是虚幻又真实的存在。

如果身处梦魇里，就把自己往更深的噩梦里扔去。如果这些死亡的感觉都是真的，那就没必要再挣扎了。

沉沦，坠落，疼痛，死亡。

辞夏觉得好像有什么东西，像蛇一样攀附上她的腿，然后拉着她不断地下沉。

　　指间一丝异样的疼痛，她睁开眼，什么也看不见，却能看到一丝耀眼的白光，像是一颗星星一样朝着她坠来。

　　然后，有人拉住了她，她在这一刻，忽然找到了呼吸。

　　甄宥年紧紧拉着辞夏的手，但是她仿佛被什么缠住了一般，没法动弹，甚至拉着他一起往水的更深处去。

　　在水里的这种僵持越久，他俩就都只有被溺死。

　　胸口的闷胀感越来越甚，甄宥年觉得自己可能坚持不了多久了，但是他却死死不肯放手。

　　意识逐渐模糊的一瞬间，他手上力道一重，然后一道黑色的影子靠过来。

　　所有的触感便集中到眼前、唇上。

　　辞夏柔软的唇贴在他的唇上，一道不可抗拒的引力游走在若即若离的身体里，成了呼吸，却又令人窒息。

　　甄宥年感觉有空气被渡入，也感觉到辞夏不再是被束缚的样子，立刻挣扎着清醒过来，搂上她的腰带着她一起浮出水面。

　　来自于地面的触感从背部传到胸口，辞夏看着天上一轮莹白色的月光，现在的呼吸才是真的呼吸。

　　辞夏坐起来，幽幽开口："甄宥年？"

　　"嗯？"甄宥年脱力地躺在旁边，手背靠着额头，像是在晒月亮一般，格外闲适，一点都不像是刚刚死里逃生的模样。

辞夏问："你不是不会游泳吗？"

"我有潜水证。"不知道是不是呛了水的原因，甄宥年的声音有点哑。

辞夏低头，犹豫了许久，咬咬唇："我说我有话跟你说，现在虽然很不是时候，可是一定要说。"

甄宥年垂着眼睛，刚好能看见她细白的脖子，在月光下泛着一层绒绒的光，水珠顺着皮肤的纹理滑进了衣服里。

他说："喜欢我？"

能感觉到辞夏身子一僵，从耳根开始渐渐变红。甄宥年想抱抱她，可是后背不知道撞到哪里受了点伤，他暂时没有力气。

"你听见了？"辞夏身子软下来。

"嗯。"甄宥年说，"但是有点没听清。"

辞夏回头看了他一眼，夜的寂静在空气里荡漾开，她说："以前是暗恋你。"

"五年前刚遇到你的那个时候还没觉得，而且时间也不对。可是后来分开的日子里，在那些糟糕的经历里，不想再被提起的记忆里，好像想的都是你。"

甄宥年的喉结上下滚动了一下，却发现自己发不出声音了。

"可是现在暗恋藏不住了，"辞夏没有回头，接着说道，"甄宥年，我不知道怎么把喜欢你这件事藏好，好像不管怎样都会跑出来。所以现在可能就不藏了，它自己想出来的话，就出来好了。"

她顿了一下："我要说的就是这个了，我喜欢你，可能比自己想的还要喜欢你。"

好像喜欢藏久了，都会变成爱的。

辞夏越说声音越小，最后只能听见风起涟漪的声音，还有自己的心跳，仿若擂鼓。而甄宥年像是睡着了一般，不说话，也不出声。

辞夏最后还是忍不住在他开口之前先回了头，他却好像早早地就等在那里了，一道阴影盖过来，她下意识地闭上眼睛，尽情地呼吸着好闻的空气。

甄宥年只是很轻很轻地吻了吻她的唇，然后看着她缓缓睁开的眼睛，认真道："男朋友等得急死了，差点没忍住闯进门。"

辞夏的脸被风吹得有点热，甄宥年抱住她，低低的声音混着呼吸扑打着她的耳郭："小珍珠，我也没想到那个时候随便喊了三个字，便心心念念了好几年。"

两人没温存多久，旁边传来一阵刺耳的声音。

辞夏看过去，玄武伸着脚扒拉着石头，故意扰民。她赶紧过去把它捡起来，也不知道该怎样跟甄宥年解释。

可甄宥年好像也不需要解释："它咬开了水下那东西？"

辞夏点头："水里快要晕过去的时候，也是它咬了我一口才醒过来，然后就发现自己……好像不用空气也可以呼吸。"

辞夏说完还担心甄宥年没法理解，可甄宥年却比较在意另一件事情："不是因为我拉住了你吗？"

玄武在辞夏手上默默翻了个绿豆大小的白眼。

甄宥年忽然觉得有什么被自己忘记的东西在自己脑袋里拼接重合，然后那一晚的记忆全回来了。他盯了那乌龟一会儿，抬头问辞夏："现在能动了吗？"

刚刚从水里出来确实有点使不上力，但现在好多了，辞夏点头。

甄宥年把乌龟从辞夏手里接过来，另一只手自然而然地牵住她的手。

玄武倒挂在他的指尖，不断挣扎。虽然那晚干得挺漂亮的，但是被一只乌龟附身了这件事的糟心是需要发泄的。

两人到车上才联系到叶景茶。

叶景茶在电话里兴致并不怎么高，情绪也没什么起伏，说："我和绯绯在医院，祝安……我急着送绯绯去医院，就没管他了。"

甄宥年正在开车，并没有说什么，倒是辞夏很紧张："绯然没事吧？"

那边沉默了一会儿："还活着。"

辞夏低着头，不知道该说些什么了，只能试图解释："祝安……其实不是祝安。"

甄宥年的目光没有什么变化，辞夏就接着说："就像玄武可以附在你身上一样，玄武有个坏朋友，附在了祝安身上，可能祝安现在心态本来就不怎么正常才让恶魂……也就是玄武那个坏朋友有机可乘。

但是我觉得原本的祝安，是不会对我，更不会对计绯然做什么的……"

辞夏说着，车子忽然一震，她往前栽了一下，看见甄宥年皱起眉头，说："你说半天说的什么？"

是玄武，它又跑到甄宥年身上了。

玄武想报仇，把车停在路边，翻箱倒柜找了支马克笔，然后开始在脸上画螺旋圈，辞夏拦都拦不住："你干吗啊？"

玄武画得超级开心，说："恶魂一般会选择比较坏的人，但是判断一个人是不是坏有多坏，有两种方式。"

玄武忽然开始说正事，辞夏拦也不是不拦也不是，松了手听他继续说。

"一种是自己靠自己的主观意识来感觉。比如说因为没人管，苏醒之后在外面飘了几十年的珠灵珠的恶魂，她选中周家小姐，是因为看见周家小姐的阴暗面，所以选了她。

"可是玄武珠的恶魂刚在这边苏醒没几年，很傻，选择了第二种方式来判断一个人有多坏，你知道是什么吗？"

辞夏心想你一口气说完，别跟我互动了，于是摇头。

玄武失望地也摇头："道听途说。"

"祝安口碑不好吧，又凶又冷酷又无情，医院里人人都说这个人不好，玄武恶魂一听开心死了，赶紧去试了一下。刚好那段时间自己喜欢的人跟别人谈恋爱了，还那么开心，他心里有怨气是肯定的。"

"所以一时疏忽就让恶魂有机可乘了。"玄武估计是说累了，收手不闹了，背靠着椅背。

辞夏想了半天，问："那祝安现在……怎么办？"

"他天天对你冷嘲热讽，你俩又水火不容，死了算了。"

"可是……"

辞夏越来越怀疑朱瑾说的是珠灵为善还是珠灵伪善了。

玄武白了她一眼："恶魂跟人相处久了就会不分彼此，所以跟朱雀恶魂的那个女孩也死了。但是玄武恶魂现在跟祝安契合得还不稳定，尽快渡出来还有救。"

"那……怎么渡啊？"

"你是不是傻子。"玄武说得累死了，"既然恶魂向恶，跟飞蛾扑火一样，火越亮它就扑得越凶啊。

"顺便拿走恶魂本体的那颗珍珠就好了。"

辞夏想起什么来："你说那颗袖扣？"

玄武却没再回答，低着头咬着牙，半天从牙缝里挤出几个字，辞夏屏气凝神，他说："他……居然……能……把我……挤……"

甄宥年蓦地抬眼，眼底黝黑一片，看得辞夏呼吸一顿，下意识地说："你……回来啦……"

回头看那只乌龟居然已经扒拉着从窗口翻了出去。

"啊！"辞夏叫了一声，赶紧下车找，可是围着车找了一圈都没有看见一个龟壳。算了，反正都差不多说完了，而且玄武神出鬼没的，指不定什么时候又来了。

刚抬头撞上跟着从车上下来的甄宥年，辞夏看着他两边脸上的画，没忍住笑了出来。其实刚刚有点故意不拦人的，毕竟自己也想看看，向来把自己收拾得清爽干净的甄宥年被画花了脸是什么样子。

"还笑？"甄宥年紧着眉头，"笑完反省一下。"

"反省什么？"

甄宥年走过来，辞夏的视线得往上一点才能看到他的眼睛，可真好看啊，于是脑袋再次一热，二话没说扑过去抱住他。

饶是甄宥年，也经不住小姑娘这样扑进他的怀里，软软的、香香的，连自己都没有意识到自己语气有多温柔："讨好我？"

"算是吧。"声音糯糯的，"男朋友生气了，抱一下就好了。"

"有这么像生气吗？"甄宥年享受了一下才说，"怎么会生气呢？男朋友只会吃醋，不会生气。"

"嗯？"辞夏抬起脑袋，听他声音懒懒沉沉，"女朋友跟别人聊了半天，男朋友肯定吃醋了。"

"不过抱一下也能好。"甄宥年把她又按回自己怀里。

辞夏偷笑，哪有人吃自己的醋？

医院寂静的长廊里，叶景茶挂了电话。

那些话他都听见了，没有什么不能接受的，事实已经摆在眼前，不需要自己骗自己，他看了看自己的手。

又看着病床上的人，淡淡的灯光洒在她的脸上，温暖而美好。

他其实一直都很不喜欢医院，不喜欢医院为什么要把心的跳动、血液的流动化作各种数据放在显示屏上。

那些心跳呼吸，明明是我爱你时千万句来不及说出口的言语。

他走过去，俯下身亲了亲她的眼睛，最终在她耳边叹了口气："绯绯，我是真的很喜欢你。"

可是，再见啦，我最喜欢的小姑娘。

19. 河童撑杆摆长舟，渡月不渡情

医院顶层的天台上，风吹起祝安的白大褂，露出里面被血染得不成样子的衬衫。胳膊上的伤口来不及包扎，从内里浸了出来。

他不记得自己做了什么。

只是站在长长的河堤上，看着整座小岛忽然亮起来的一瞬间，她脸上甜甜的笑意便在他眼前放大了一百倍，却不是朝着他。

于是，耳边便有一道虚无缥缈的声音问他："你喜欢她吗？"

"不喜欢。"

"你恨她吗？"

"恨。"

恨她为什么不等自己承认了这份别扭的喜欢就迫不及待地爱上了别人。

他还听见她说："我觉得我挺喜欢他的。"

那我呢？

祝安很小的时候就认识计绯然了，他们是邻居。

他脾气很怪，性格别扭，很不招人喜欢。而她又吵又闹，大大咧咧，却唯独不招他喜欢。

他不记得她是什么时候开始黏着自己的，好像是自己身后长出来的尾巴，从有意识的时候，她就在了。

在祝安的记忆里，他好像从来没有跟她好好说过话。

她当众表白，他觉得烦。

她给他准备生日礼物，他直接扔在了路边。

除了那一只小狗，跟她一样招人厌又可怜，扔了总会再回来，所以他懒得再扔了。可是不知道什么时候，小狗的脖子上多了一个铃铛，跑起来的声音和她书包上的铃铛一模一样。

她好像无时无刻不在自己的生命里。

一直到大学的时候，他去了别的城市，便以为自己终于摆脱计绯然了，却发现心里并没有很开心。是空，无尽的空，像是被挖掉了一块，然后计绯然就占据了那个空缺。

计绯然比他低一届，他就等了她一年。尽管知道她成绩不好，不一定能考上这里的大学。

可是没有计绯然做不到的。

对于计绯然来说他就像一块磁石，又或者是能提供她想要的东西的能量站。她想要什么呢？爱情？他偏偏不给。

第二年的新生报到的时候他如愿见到了计绯然，不过她也确实没有考上医学院，进了他们学校附属学院当护士。

大概是想把没有计绯然的这一年里的空缺报复回去，他开始故意欺负她，带她去酒吧，带她打架，把这个世界所有的肮脏不堪全部剥给她看。

可是她从来没有畏惧过，看他的眼神永远带着得意和挑衅。

第一次去酒吧一杯就倒，第十次千杯不醉。

第一次打架受伤骨折，第十次跆拳道黑带。

她永远在他看不到的地方，很努力地让他更加地瞧不起。

就连来玉盘镇，计绯然也没有任何犹豫地跟过来了，明明举目无亲，甚至众叛亲离，可还是跟过来了，还带来了那只被他故意忘记的老狗。

祝安从来没有见计绯然哭过，她倔强又固执，不达目的誓不罢休。他甚至觉得自己不过是计绯然这一生，众多目的中的一个。

所以她对于自己也并不是纯粹的爱意，不过是为了达成自己的目的。她的人生没有任何意外，包括他。

可是祝安讨厌这种感觉，也很讨厌被放弃的感觉，而这些感觉都来自于她，他不得不接受，自己又被抛弃了。

第一次是他的父亲。

他很小的时候爸妈就离婚了，因为他身体不好，经常生病，而他父亲家里的生意根本就不需要他这样的病秧子，所以父亲选择了他哥哥，把他丢给了他妈妈。

而他妈妈嗜赌如命，父亲给的赡养费被输光了，又用他生病的理由诈钱，后来实在诈不到了，带他去了国外。

他还记得当时是自己第一次出国，他妈妈给他买了昂贵的新衣服和冰激凌，然后让他坐在那里不要动。

可他还是动了，他担心妈妈出事，就去找她，却听见她在电话里说的是，贩卖器官，儿童器官。

那是他第二次被抛弃。

他跑了，为了活下去。

然后打通了哥哥的电话。哥哥曾经说过，有什么问题可以找他。他一直都不敢，因为这是他最后的退路。

那一年他不过十岁，在哥哥的安顿下开始一个人生活，没有家长，没有朋友，只有一个像是小尾巴一样的邻居。

后来，这个尾巴也抛弃了他。

……

而祝安这个时候才明白，他一直以来自私冷漠、高傲自负，不过是仗着还有一个人喜欢他而已。

不过是仗着计绯然说她喜欢祝安而已。

所以从来都不是计绯然追着祝安要什么狗屁爱情，是计绯然不离不弃，给了祝安一整个世界。

而计绯然一走，祝安又什么都没有了。

叶景茶站在风里，不知道是不是因为夜色太深的原因，他此刻的身形也显得有些料峭单薄。

他朝着前面的人喊了一声："祝安。"

祝安回头的一瞬间，只觉得脸上一阵疾风擦过。他抬手，握住叶景茶的手腕，目光没有任何波动，问："她……"

祝安想问她怎么样了，但是问不出口，他习惯了高傲和冷漠，不知道该怎么放下姿态。

叶景茶冷笑一声，一言不发，反手一折，擒住他胳膊上的伤口，用了最大的力气按下去，刚才止住血的伤口又重新渗出血来。

祝安因为疼痛微曲了身子。

叶景茶轻松一推一拉，将他的整只胳膊以一个极其扭曲的姿势折到身后，然后把他按在旁边的水箱上。

祝安的脸被迫贴着冰凉的水箱，而叶景茶像故意折磨他一般，一点一点地用力，他便听见自己的骨头在身体里一点一点被折断的声音。

叶景茶眼里有一种嗜血的快感。

他已经好多年没有这样动过手了，上一次……上一次是什么时候他已经记不清楚了，好像是很久很久以前，和甄宥年一起受私人雇佣，培训的时候他们被扔在林子里，他空手杀了一匹狼。

当时很爽，现在也是。

叶景茶目光移到祝安的衬衣袖口上，那里有一粒黑色的珍珠扣，珠光在光影之下仿佛变成了活物，蠢蠢欲动。

然后他仿佛看见了那粒黑色珍珠里倒映着的自己的眼睛，那应该是自己本来的样子，无情、阴狠。

　　每个人心里都盘踞着这样一条小蛇，只不过有的人给它上了一条沉重的枷锁，告诉自己什么该做什么不该做，条条框框，总是有明确的好与坏。

　　可是不能否认，脱离这些钳制，它原本有想要破坏一切的本能。

　　叶景茶带着一丝兴奋，摘下了那粒扣子，紧紧握在手心，然后把祝安狠狠甩在地上。

　　祝安仿佛是认命了，仰躺在地上，不挣扎也不动，月光从云层后面探出来，毫不留情地照着他身上的狼狈。

　　叶景茶走过去，跨坐在他身上，从腰上的挎包掏出一把小刀，借着光强行让祝安睁开眼。

　　"祝安，你现在真可怜。"叶景茶的声音带着无尽的嘲讽，"哦，不对，你一直都这么可怜。"

　　"有人把你捧到一个至高无上的位置是因为看得起你，你居然有脸觉得全世界都会把你捧到那么高？可醒醒吧。"

　　叶景茶擦了擦刀刃，锋利的白光仿佛都能割开眼皮："她一走你什么都不是，你那些自以为是不过都是自己给自己加的戏而已。谁管你是个怎样的人，谁管你看不看得起她！许多人光是活着都已经自顾不暇了，哪有时间在意你？所以，收起你那套全世界都围着你转的想法吧。

　　"还有，小男孩才会反反复复去确认自己所求的安全感是不是真的存在，你反反复复折磨计绯然无非是想确定她不会走。但是祝安，你是个男人，要做的是先把你有的给她，而不是用你的自私残忍单方面从她那里得到你想要的，你幼不幼稚？"

祝安的眼睛仿佛一潭死水，他知道自己有多不堪，可是却忽然想起很久以前，有人问计绯然，你为什么一定要喜欢那么糟糕的他。

她说，他只是有一点不可爱而已。

在你眼里，他们说的我这么多的不好，都只是归结为不可爱。

祝安笑了一声，牵强地扯着嘴角，说："你们觉得我爱她吗？"

"我也以为我不爱她……"他咳了两声，声音变轻了许多，"所有人都觉得爱就是无尽包容体贴，可是……"

也没有任何人能够否认，我固执而又别扭地爱着她。

她就像我身体里的异来器官，是我死后重获的心脏，而我身体里所有的排斥反应，不过是为了和它一起活下去。

剩下的话他没有说出来，因为他听见了计绯然的声音，她喊"叶景荼"，祝安要很努力地侧着头才能看清她的样子。

她站在楼梯口，穿着宽大的病服，头上缠着一圈绷带，室内的光和月光交错在她身上。他看不清她的表情，只能听见她喊："叶景荼！"

祝安笑了一声，忽然觉得有一瞬间的冰凉刺骨，然后无尽的疼痛便从腹部蔓延开来，直到麻痹。

"叶景荼不要……"计绯然颤抖的尾音在耳边消散，祝安闭上眼的前一刻还在想，她哭了啊，终于哭了，却是在他的面前，为了另外一个人。祝安下意识侧过身子，蜷缩在一起，仿佛这样就会温暖一点。

叶景茶把刀子抽出来，擦了擦上面的血，然后不慌不忙地站起来。她的影子被灯光拉得很长，刚好到他的脚边。

他顺着这道影子，目光缓缓向前，最后停在被她咬破的嘴唇上，渗出的血珠差不多是她苍白的脸上唯一的颜色了。

叶景茶不敢再往上去看她的眼睛，也不想分析她的表情，不想知道这个时候的她究竟是愤怒多一点还是失望多一点。

他怕自己好不容易才强撑出的坚硬残忍忽然变得柔软下去。

他笑："醒了。"

计绯然从来没有见过这样的叶景茶，那个傻气爱笑的大男孩，有一天也会面无表情地让她亲眼看见自己的残忍。

又或者，其实她根本没有好好认识过叶景茶。

一直以来太过沉迷于叶景茶给她的美好，而当他亲手撕掉这种美好的时候，她措手不及。

她踉跄着步子走过去，跪在祝安的旁边，颤抖着手给他止血。明明没有想哭的感觉，可是眼里的泪不停地往外涌。

"叶景茶……"双手沾满了祝安的血，可是看见自己身边忽然亮起来的光与消失的影子，心里想的却是叶景茶，"叶景茶，你不要走……"

……

护士医生赶到天台，计绯然因为体力不支又晕了过去，倒在祝安身上。他们靠在一起，祝安的伤口被处理得很好。

朱辞夏和甄宥年赶到医院的时候，祝安刚做完手术被送到病房，据说计绯然中途醒过一次，没什么大碍。

可是甄宥年打了好几个电话才能确定，叶景茶不见了。

他并不觉得叶景茶会做出什么特别过分的事情，祝安身上的伤也不过是小惩大诫，因为叶景茶有更残忍的方式让祝安生不如死，可是他选了一个最轻的。

他不觉得有什么事情能让叶景茶一言不发地自己消失。

而辞夏心里却有一种不好的预感，她没有在祝安的身上找到那粒黑珍珠，也不可能是弄丢了。

那么，应该就是叶景茶当时没有挂电话，听到了她和玄武的对话，然后拿走了恶魂珠，想把恶魂从祝安身上过渡到自己身上，再带着恶魂珠消失。他想把祝安还给计绯然，可是这样的话，他也只有死路一条，又或者被恶魂利用。

辞夏没想到胖虎居然是能为了爱情不要命的人。

辞夏大概解释了一通恶魂的事情，甄宥年理解得很快，问："可是，如果恶魂没有在叶景茶身上发现他想要的恶会怎么样？"

辞夏也不知道。

"如果是我的话，站在恶魂的角度，发现自己被骗了，应该会直接杀人平愤的吧。"甄宥年说话的声音很平静。

辞夏也有这么想过，所以不管怎样，都要尽快找到叶景茶。

毕竟叶景茶哪有什么坏心眼啊，第一次见的时候，她就知道他是一个只会装凶的胖虎。

之前朱雀珠的时候，辞夏曾经用自己的血浸珠，看到了沈凤仙。可是这一次，她趁甄宥年不注意割开了手指，可是那粒玄武珠沾上血之后，没有任何反应。

只有比在海里更深的窒息感，不过这种感觉又很快被打断了，甄宥年回过头，察觉到不对劲，看着她的脸，问："怎么了？"

辞夏使劲呼了几口气，手背在后面："没事。"

甄宥年抓过她的手，指尖的血还在往外冒，他问过路的护士要了创可贴："下次不要在男朋友面前对自己这么狠。"贴完了又说，"背后也不行，下次替我对我女朋友好点。"

话说完电话响起来了，上面显示叶景茶，可是接起来却是沈不周的声音："甄先生吗？"

"嗯，是我。"甄宥年答了一声，没来得及说下一句，便被沈不周打断："甄先生，你快来啊，叶……叶先生他跳海了！"

跳海？辞夏没反应过来，甄宥年已经拉着她边走边问了："叫救护车了吗？"

"还……还没有……"

"先别，我们马上过来。"找警察或者不相干的人过来只会徒增麻烦，这是只有辞夏可以解决的问题。

辞夏惊讶，甄宥年居然比她考虑得还要周到。

沈不周并不知道发生了什么，他把狗还给祝医生之后，接到了医院的电话，沈凤仙情况不稳定，他来不及告诉辞夏就赶回医院了。

见沈凤仙状况稳定下来之后，又重新回到那边，可是几个小时前还灯火闪烁的小岛空无一人，他正奇怪的时候，却见叶景茶站在那个小哨台上，他连喊几声，台上的人却依旧没有反应。

当他走过去的时候，只见叶景茶闭着眼，就这么直直地倒了下去，他慌忙之下只抓住了叶景茶搭在身上的外套，然后找到了装在口袋里的手机。

辞夏和甄宥年赶到的时候，沈不周都快急死了，身上全是水，估计是自己下海捞过人。他赶紧跑到辞夏跟前，眼睛通红，焦急地问："叶先生会不会已经被淹死了？"

辞夏安慰他："别担心，胖虎会游泳。"然后把沈不周送到了车上，毕竟他身体差，这样估计又得生好久的病。

回来的时候，甄宥年蹲在海边，辞夏走过去，才看见他捉住了玄武，语气很冷，说："她第一次当守珠人，做到这样很不错了，你估计也是第一次从珍珠里出来吧，别太嚣张了，该帮忙的拿命帮。"

跟朱瑾比起来，这个玄武真是太随性了，饶是这个时候还缩在壳里不出来。

辞夏走过去，有些不好意思，说："之前都能看到凤仙爷爷在哪儿，为什么这一次我找不到胖虎？"

长久的沉默，最终是甄宥年妥协了，叹气说："进来吧。"

　　然后玄武开口了："你烦死了，你怎么这么傻？是因为路没开啊。"

　　甄宥年身上忽然之间的转变让辞夏吓了一跳，她撑着手坐到了地上。

　　"路？"

　　"甄宥年"站起来，看着天上的圆月，说："叶景茶那个傻子估计觉得是珍珠就应该安生待在海里，所以带着珠子跳了海，而恶魂估计也觉得自己太傻了想跟朱雀珠一样回蚌里待一段时间冷静冷静。"

　　"那现在……"辞夏有点不接受，"是叶景茶被恶魂珠带到了蚌里？"

　　她忽然想起很久之前的那个梦来，皎白的月光，不起波澜的海面，还有一个四四方方的盒子，里面躺着一个人。现在想来，那应该不是盒子，而是珠蚌的内部。

　　玄武忽然沉声："路来了。"

　　辞夏看过去，只见月光照着海面，洒下一条银光的路，铺在漆黑的海面。

　　然后下一刻只见玄武的本体，也就是那只乌龟忽然直立了起来，像是一只小河童，跳了一下。辞夏这才看见旁边有一艘船，上面还有海下用的钻头和一些潜水装备。

　　是甄宥年在来的路上托人准备的，要不玄武怎么就非得附在甄宥年身上呢，好看又聪明，还能要要酷。

　　他站上去，朝着辞夏伸手："上来。"

20. 十年后双双，万年后对对，不是我跟你

辞夏现在才能通过珍珠项链看见叶景茶，果然是在一个珠蚌一样的东西里，四周还在分泌着珠液，几乎要把他凝在里面。

船停了下来，玄武说："叶景茶不会对你有恶意的话恶魂也对你做不了什么，毕竟始终得借助人的力量才能解决你。而他本体不管是一颗珍珠还是一条蛇，对你来说是没有任何杀伤力的。"

"为什么是蛇不是乌龟？"辞夏想起朱瑾那次，明明两只都是鸟的。

不知不觉，重点变得有些奇怪。

玄武解释得气死了："因为玄武本来就是由龟和蛇组成的灵物啊……你怎么会这么傻？"

辞夏还有一个问题，估计问出来不会令人觉得傻。她想问问，朱瑾之前说的每颗珠子都是有颜色的，那么除了之前的红色，这次的黑色，另外两颗为什么是灰的？

可是已经来不及了，玄武下线了。

只剩小乌龟眨了眨眼，从眼眶里掉出一颗黑色的珍珠。

玄武从甄宥年身上下去后甄宥年直接失去了支撑，还好辞夏机警，迅速地抱住了他，才不让他直接倒下去。

可是没想到这一次甄宥年醒得那么快，好像就是一瞬间的事情，

他回抱住了她，还特别不要脸地说："抱这么紧干什么？"

辞夏想松开却被甄宥年给按了回去，她下巴搁在他的肩窝："甄宥年，你知不知道我力气很大的啊？"

"嗯？"

"其实你每次把我箍在怀里的时候，我稍微用点力就能挣开了。"辞夏说。

"那我算是运气好，才不至于被你一个小指头推出去？"甄宥年声音带着点笑意。

"不是，"辞夏声音软软的，"因为我喜欢你。"

甄宥年觉得心头像是被羽毛拂过一样，他松开一点，然后拉过她的手，说："那我是不是得回应一下？"

他停顿了一下，不知道从哪里掏出两枚尾戒，强行给辞夏戴上，说："据说一对戒指之间是有红线的，上一次有线拉着你，这一次就这个了，将就一下，别弄丢了。"

辞夏笑，仿佛在月光下交换了戒指。虽然有些不是时候，可是莫名心动。她不好意思地问："你……什么时候准备的？"

"帮叶景茶买项链的时候……"甄宥年松开手，拿起旁边的潜水装备，边弄边说，"店里送的赠品，忘了一起给他了。"

"？"

辞夏来不及说话，只觉得两边的海水迅速动荡起来，然后便有什么东西狠狠地撞击着船底，仿佛要凿出一个洞来才罢休。

两人对视一眼，用眼神交流一番后，分别从两边跳进水里。

　　脑袋里面仿佛有一条既定的路一般，辞夏只要往前便能知道该往哪里走。

　　还好珠蚌的位置并没有很深，她很快便找到了，可是这会儿珠蚌静静地合在一起，如果恶魂带着叶景茶一直躲在里面该怎么办？

　　辞夏显然想多了。

　　恶魂对于守珠人和珠灵的敌意是天生的，更何况这一只恶魂没有任何谋略性，感知到辞夏从珠蚌里溜了出来，扭动着身子朝着辞夏扑过来，看起来就像一条普通的水蛇一般，反应却要灵敏许多，大概是中和了乌龟的慢。

　　辞夏没来得及跑便被缠住了腿，她咬开手指，握上胸前的珠子，打开了珍珠的门，和恶魂一起进入了玄武珠里。

　　比起之前朱雀珠的内部，玄武珠要简陋很多，大概是做的坏事比较少，而叶景茶就被四根绳子扯着四肢捆在珠壁上，半边身体还像是被强力胶水一样的珠液黏在了墙壁上。

　　既然恶魂自己从叶景茶身上下来了，也省得她还要想办法把恶魂弄出来，现在只要带着叶景茶一起从这里出去然后关上门就可以了。

　　恶魂没给她任何思考和犹豫的时间，速度极快，眨眼的工夫便缠上了辞夏的腰，然后绕着整个珍珠内部做圆周运动，估计想把她甩晕。

　　辞夏心里还在想玄武不是说没有什么杀伤力的嘛，这还不算啊。她趁着恶魂傻兮兮地路过叶景茶身边的时候，迅速攀上他的手臂，大概是用了从小到大所有的痞劲儿，抱住叶景茶死死不松手。

辞夏咬着牙，几乎用尽了全身的力气，想将叶景茶从那种恶心黏腻的珠液里扯出来。可是细长密集的白丝黏在叶景茶的身上，弹力十足。

正愁要怎么办的时候，她就开始怀疑这个恶魂到底是队友还是敌军了，还在傻兮兮地缠着她的腰转，这么一来刚好借了恶魂的力，将叶景茶从那些细长的白丝里扯了下来。

巨大的反冲力让辞夏从一端狠狠地撞上了另一端，脑袋里有一瞬间的眩晕，她甩了甩脑袋。

叶景茶不知道什么时候醒了，完全顾不上现在是什么情景，看见缠在辞夏腰上的水蛇后，张嘴一口咬了下去。

腰上力道渐松，辞夏趁机拉住叶景茶，正准备打开门出去的时候，谁知恶魂忽然变成一根细长的箭，朝着辞夏的眼睛射过来。

辞夏来不及反应，心里下意识地喊了一声"甄宥年"！

下一刻，便看见一坨黑色的东西像是子弹一样从"门缝"里冲了进来，撞上恶魂。

居然是玄武？他有这么快？

辞夏管不了这么多了，见恶魂和玄武缠在一起，立马带着叶景茶出去了。

第一次完全不知道状况，一切都是被迫的。而这一次显然要熟悉得多，至少知道怎么在珠界与现实之间开门关门了，不至于被卡在中间。

可是出来了才知道境况更差，两人像是被关在了一个狭小的盒子里一般，身体都无法舒展开，应该是珠蚌的内部。

　　辞夏心里一沉，再喊叶景茶的时候，他果然已经没了知觉。

　　人在珍珠里面还是能够正常呼吸生存的，可是现在在海里的一个珠蚌里，再这么下去叶景茶没被恶魂害死得被海水淹死。

　　不知道哪里透过来一丝光，辞夏瞥见了自己小指头上的戒指，像是一点星光。

　　然后下一刻，珠蚌的壳便被打开了，水灯照着甄宥年的手在视线里渐渐清晰，他戴着潜水装备，扔掉了手里的钻头，仿佛一直在这里等着她似的。

　　辞夏握住他的手，趁着月色正好，上了岸。

　　叶景茶醒过来的时候还有点蒙，他盯着天花板望了许久，一直到记忆全部组合在一起后了才听见一道声音，是辞夏。

　　"啊，胖虎，你醒了！"

　　然后眼前一道刺眼的白光，他有些看不清，只知道好几个人围上来，有朱辞夏、甄宥年、沈不周、不认识的医生，还有……计绯然。

　　紧张，欣喜，而后又是胆怯："绯绯……"

　　他张了张嘴，听不见自己的声音。

　　不知道过了多久，仿佛是再次醒过来，才觉得真正地回到了现实的世界里。

　　辞夏这次问："要喝水吗？"

　　叶景茶看着她身后的甄宥年："年哥……"

甄宥年直接递了杯水过来，说："少说点话，休息完了给你开倾诉会。"

叶景茶接过来，他想问，计绯然呢，还在不在？却听门口有人敲了敲门，接着那里探出一个人来。

一样的场景，恍如隔世。

叶景茶愣了一下，计绯然走过来的那几步里，他觉得心里迅速地泛起万层巨浪，眼眶有点发涨。

"绯……"

"叶先生好多了吧。"计绯然笑颜盈盈，而这句叶先生，却让叶景茶的心从万米高空直接摔了下来。

计绯然见他不说话，有些疑惑地看向辞夏："还不能说话吗，估计是嗓子呛水了，多喝热水就好啦。"

她说着，一丝不苟地在查房记录上做笔记，然后走过来替他调了输液器的速度："这样还行吗？"

叶景茶舍不得错过她的一言一行、一个眼神，他抿着唇："行。"

"那好好休息吧。"计绯然没有再多说一句话，像那一天赶着去过生日一样的表情，小小的兴奋和窃喜，却都不属于他。

她走出去，然后轻轻带上门。

锁舌落下，叶景茶沉默了许久，旁边各种监视器的声音一停一顿的，每多一秒，心就少了一块。

叶景茶张了张嘴，有些艰难地发出声音："年哥，有没有一种可能……是……你们一起……玩我呢？

"又或者，是不是看我弄伤了祝安，跟我生气呢……"

"胖……"辞夏想说什么，又不知道该怎么说。

叶景茶低下头，苦笑声带着一点沙哑，还问什么呢，从她进来的第一秒，那个陌生的眼神，他就知道了。

问来问去傻不傻啊。

"没可能了，我知道。"叶景茶双手盖住脸，手心瞬间沾上了湿意，声音逃不过掌心，"行吧，你们先走吧，我睡会儿。"

辞夏低着头欲言又止，却被甄宥年带了出去。

一直到整个房间没了声息，叶景茶才能让呼吸从手心逃开。

他看着自己的掌心，想起那一天的手心手背，好像不久前才发生的事情，那时候觉得未来还有十年百年，够他们慢慢走。可现在站在末尾的句号上，才觉得从头到尾，不够他在漫漫长夜好好回忆一遍。

时间过得可真快啊！他搓了搓脸，黄粱一梦终觉太浅。

叶景茶从床上下来，走到床边，满天的白月光泄进来，照着他形单影只。

而楼下，医院门口。

她穿着厚厚的外套，站在路灯下踢石子，嘴唇张张合合，不知道在唱着什么歌。她忽然抬起头，那一眼，他以为她看见了自己。

可是下一刻，祝安从暗处走过来，计绯然蹦蹦跳跳地挽着他的手，手指着前方让他看些什么。

叶景茶也跟着侧过头，远处海滩边又举行了烟火大会，一朵朵的花火在夜空里炸开，从侧面看和从下面看，会是一样的形状吗？

叶景茶笑了起来，烟火照亮了他的脸，眼角眉梢，盈盈一道像是未干的泪痕。

再见了，我最喜欢的女孩。

祝安送计绯然回去的时候刚好碰见辞夏准备关门。

辞夏下意识地避开祝安的目光，计绯然松开祝安的手走过来，跟她说："你那位朋友恢复得还行。"

辞夏心里不知道是该难过还是该为计绯然感到开心，毕竟计绯然也是真的对胖虎动过心。

辞夏点头："谢谢你呀。"

"别谢了。"计绯然眼角眉梢都是笑意，"虽然祝安没说，但是我觉得他能开窍跟我求婚还多亏你呢，所以是我得谢你。"

"求婚？"辞夏显然没想到会这么快。

"是吧，有点奇怪吧……"这一刻，辞夏从计绯然脸上找到一丝转瞬即逝的失落，"虽然这么多年了，一开始的目的就是决定必须走向这个结局，可是……本来以为还得游过一片海的，忽然就直接上岸了有点慌。"

"没什么奇怪的呀……"辞夏也不知道在说什么，"一定是因为有河童撑杆摆长舟，刚好就带你上岸了……"

"哎？什么河童？"

"绯然。"祝安凝着眉把计绯然叫了回去，然后看了一眼辞夏身后渐渐走近的人，又看着辞夏，跟故意报复人一样说，"真的不打算告诉你男朋友，你未婚夫的事吗？"

辞夏身子一僵，身后的影子停在了脚边。

Episode.6
裁梦为魂

"世事如你，万中无一。"

21. 终生雇佣

叶景茶并不是什么能被爱情玩弄于股掌的人，没两天就生龙活虎了，虽然丢了爱情又丢了亲情。

鬼知道那只又黑又丑的乌龟居然是一颗珍珠！

于是，叶景茶现在开始发神经地坐在朱楼，随便找一颗珍珠开始自言自语："来，告诉我你是什么，说了我出钱给你换一个金雕橱柜。"

辞夏一个废纸团就扔过来："你是不是傻了？"

被纸团砸了还有闲情捡起来展开的人估计就只有叶景茶了，可是还没来得及看清上面鬼画桃符的几个字辞夏就扑过来了，她把纸团抢走，又几下撕碎后还扔在泡花茶的透明玻璃壶里。

蹊跷！做贼心虚！叶景茶觉得自己抓住把柄了，问："小老板跟谁写情书呢？"

恰好沈不周进来，完全是无心地说："辞夏之前不是还收到过情书吗？估计是回信吧，毕竟要有礼貌。"

更恰好的是，甄宥年也下楼来了。

现在的情况宛如处在修罗场！辞夏紧张得跟什么似的。

不过甄宥年跟没听见一样，问道："早饭好了吗？我饿了。"

辞夏眼珠一转，危机解除，立马跑去厨房了。

甄宥年趁机警告了叶景茶一眼，说实话，叶景茶也挺蒙的，他这边刚痛不欲生的失恋，小老板跟年哥就开始谈得热火朝天！

他现在都不知道是应该顺着小老板叫甄宥年老板娘，还是顺着年哥叫辞夏年嫂了，真苦恼！

不过还好，他们最近好像吵架了。

原因是小老板的未婚夫打电话查岗了，恰好还是甄宥年接的，当时真是笑死他了。他现在想起来还是觉得好笑，可是不敢笑。

他现在觉得小老板很有能耐，指不定哪天就杀了他。

早饭甄宥年吃了双人份，辞夏喝了两口粥，家庭地位显而易见。

辞夏完全没心思，其实那天祝安说到未婚夫的时候，身后的人并不是甄宥年，而是沈不周，不过对沈不周好解释多了，他只要她过得开心就好。

本来以为逃过一劫，可是昨天甄宥年居然接到电话，直接喊了一声"朱辞夏，电话"……

然后到今天辞夏还不敢主动跟他说话。

饭后辞夏决定坦白从宽了，却一直拖了三个小时。

三个小时里，甄宥年坐在朱楼看书，辞夏坐在收银台鬼画桃符，画完了发现自己最起码写了三百个甄宥年的名字，把自己也吓了一跳，于是又撕了扔水里，转眼一壶好端端的花茶里面已经泡了半壶纸了。

电话忽然响起来，辞夏吓了一跳。对上甄宥年的目光，她忽然说："不是未婚夫。"可是说出来又觉得奇怪，不是未婚夫干吗藏着掖着这么久还不敢说？

辞夏没去管电话，既然开头了就索性说完："就是以前……来这里之前，还在家里的时候，爸爸生意伙伴家的哥哥，叫祝深山，是祝安的亲哥哥，人挺好的，两家家长就开玩笑说要不定个娃娃亲，然后我爸工作忙，他就帮忙照顾我带我上下学，顺便就……把玩笑话当真了……然后大家都这么觉得……"她就是做贼心虚，说话的语气都处于下风。

甄宥年放了书走过来，刚好电话也消停了，于是问："为什么现在说？"

"嗯？"

"难道我现在才看起来像是在吃醋的样子？"

现在看起来也不像，从始至终都一副若无其事的样子，就是这样辞夏才心里慌的，他怎么看都不像是喜欢一个人的样子。

到这份儿上，辞夏索性也不忸怩了，心里想什么说什么："可能很过分，但女孩子就是这样，一直不告诉你无非就是想试探你有多喜欢我而已。"最后自己又嘀咕，"可是最后又是自己先忍不住了，我可真没用。"

说完没听见甄宥年的声音，刚抬头却被他一手按住后脑勺靠在了他的胸口。于是听见他的声音好像是从心口传来的，有些无奈却又仿佛情深至极："小珍珠，对不起。我也是第一次喜欢一个人，不知道该怎么做。但是被喜欢就应该理直气壮一点，不用小心翼翼地试探我。"

这回轮到辞夏没有声音了，她睁开眼，看着甄宥年眨了眨眼睛，以前觉得恋爱中的人总喜欢问一些弱智的问题，现在自己身处其中，也不由自主加入了这种队伍了。

辞夏问："那你喜欢我什么啊？"

甄宥年反问："为什么一定要有理由？"

辞夏想了想说："这样的话就可以有目的性地把你喜欢我的地方加强。"让你更喜欢我一点，后半句辞夏不好意思说出来。

甄宥年似乎并没有打算回答，他准备去倒茶，却看见茶壶里一堆白纸，估计是辞夏做的好事。

"你说啊。"辞夏不乐意了。

甄宥年顺手直接拿起辞夏的杯子喝了口水："那就喜欢你喜欢我这一点，好好加强。"

"哦……"辞夏看着他薄薄的嘴唇润上水光，自己的喉咙也不自觉地有点干。

她点点头，后退了几步，计算了安全距离，说："那个……那个水，就是从泡过纸的茶壶里倒出来的，我闲着没事倒着玩的。"

甄宥年抿了抿唇，放下杯子没说话。

刚好电话又响了起来，辞夏赶紧跑去接电话，原来心里甜滋滋的时候嘴角是真的会跟着扬起来的啊，怪不得喜欢是藏不住的。

甄宥年也跟着无奈地笑着。

其实他一直都知道这件事，好歹他自己也不是什么正路上的人，想打听一件事还是挺容易的。

但是……他捉住辞夏偷偷看过来的目光，也不是不介意，只是没办法对眼前的这份喜欢视而不见，去介意子虚乌有的道听途说。她总是有许多莫名其妙的小举动，可爱讨喜，所以他心里就让那些醋意都被甜意盖过了。

比如说，甄宥年看着手里玻璃杯上的涂鸦，一个小火柴人，还扎了两根小辫。他这个时候才知道自己杯子上一个圈加个"大"是什么东西。

一个是甄宥年，一个是朱辞夏，好像天生就该是一对。

泡过纸的水有什么不能喝的，花纸茶味道也不差，甜滋滋的。甄宥年心想，她画画怎么能这么丑？

辞夏跑过去接起电话，还以为是祝深山，顺便能告诉他这个消息。

接通后却听到那边一道清甜的女声："请问，是珠满西楼吗？"

辞夏在脑袋里面思索了一下对面的身份，可是实在想不到会有谁这么客气地给朱楼打电话，于是礼貌回应："你好，我是朱楼的老板。"

"那……甄宥年在吗？"

"甄宥年？"辞夏有些迟疑，看了一眼前面握着茶杯似笑非笑的人，语调沉了几个度，"那你稍等一下。"

甄宥年看过来，辞夏十分不情愿地把电话递了过去："找你的。"

甄宥年也疑惑，拿起听筒放在耳边："你好？"

那边许久都没有声音。他不自觉皱起眉，又问了一声："你好，我是甄宥年。"

"宥年哥哥……"

老式座机的隔音并不怎么好，于是这一声"宥年哥哥"也准确无误地传到了辞夏的耳朵里，她对上甄宥年的目光。

他总是能把情绪隐藏得很好，然后只有一双沉黑的眼睛谁都看不穿。辞夏摸摸鼻子自觉退开了，给甄宥年留了说话的空间，自己跑去门口坐着。

甄宥年拉都拉不住。

听筒里面的声音，陌生而遥远，恍然似梦。

她说："宥年哥哥，我在玉盘镇的医院，你能来接我一下吗？"

甄宥年没多大一会儿就出来了，整个人身上的气息跟刚刚完全不一样，变得有些陌生而凛冽。辞夏愣了愣，本来还想着一定要发个脾气的，结果话到嘴边却成了："你……没事吧……"

甄宥年眉眼很深，沉默了许久。

辞夏再笨也该意识到气氛不对了，于是假装不在意地说："你不是说被喜欢就该理直气壮一点吗，是不是胖虎给你介绍的谁谁谁？我不介意的……反正我也有个一起长大的青梅竹马，还算是名义上的未婚夫呢，嫁给他就能当阔太太了，不愁吃……"

甄宥年盯着她张张合合的嘴唇，一个字都没有听清，下一秒却一把拉过她抱在怀里，仿佛在汲取什么一般。

辞夏忽然有一种他好像在害怕什么的感觉："你怎么了……"

"我出去接个人，等我回来跟你解释，好不好？"甄宥年的声音很轻，明明在耳边却又像是骨髓里传来的。

辞夏嘟哝："我能说不好吗？"

"能。"

"那你去吧。"辞夏忽然推开他，可是又有点不甘和害怕，"但是！"

甄宥年看着她："说完。"

辞夏也不知道自己心里这种不安来自于哪里，或许是那声"宥年哥哥"太过缠绵。她说："甄宥年，我听胖虎说你的工作就是受雇于人的对不对，只要别人有委托且不违背你的原则，什么事你都做。"

甄宥年以为辞夏是认为他接到什么任务了，只见她停了一下，接着说："那我能不能雇你？报酬是我自己。"

初夏的凉风，秋日的傍晚，冬天的雪还有早春的树，这个世界上有无数的美好，但是都不及这一秒。

甄宥年将她揽进怀里，发丝交缠在一起："好，贴个标签，小珍珠的终生雇佣。"

辞夏愣了一会儿，忽然害羞："说得好听！谁……"

话没说完只觉得唇上一凉，她自觉闭上眼。甄宥年吻得很浅，但也成功地堵住了接下来她要说的话。

"不只是说，还盖章了。"甄宥年抬手贴了贴她的脸，"我很快回来，晚上想吃珍珠丸子。"

辞夏半天也说不出什么话来，只能看着他的背影渐渐走远，然后手不自觉地就碰到自己唇上了。

自己可真够有点后知后觉的，这会儿脸才腾地烧起来了。

叶景茶出去浪了一圈回来，也不知道发生了什么，只是见辞夏坐在门口，就调侃了一句："小老板，生意不景气又摆摊修鞋呢？"

辞夏白了他一眼，想起什么来，拉着他一起坐下来，严肃地问："有几个问题要问你。"

"干吗？"叶景茶觉得辞夏表情有点不对，左右看了看，"我年哥呢？"

辞夏懒得寒暄来寒暄去了，直接问："你以前跟甄宥年是同学？"

"是吧，一起读过几年书。"叶景茶完全不知道她想问什么，就有问必答了。

辞夏又问："那以前喜欢他的女孩子多吗？"

"这个啊……哈哈哈哈哈……"叶景茶笑够了才说话，"我说你愁啥呢，就愁这事儿啊，你放心吧，我年哥感情生活跟白纸一样，这个世界上除了你基本没别人了。"

有这么好笑吗！辞夏恨不得拧他大腿肉，又问："那别的女孩子都叫他宥年哥哥吗？"

"啥？"叶景茶喉咙一哽，"什么宥年哥哥……"

敏锐如辞夏已经察觉到端倪了："说吧，是谁？"

叶景茶支支吾吾的："我真的不是很清楚……说出来的也是我猜的，完全不具备任何参考性，说不定说错了你还得怪我挑拨离间。"

"你就瞎说吧，我也瞎听听。而且我都听见了，人电话里都叫宥年哥哥了。"辞夏把下巴搁在膝盖上，说起来还是有点气的，但被甄宥年给的甜头蒙蔽了双眼。

"电话？"叶景茶一惊一乍的，"你是说有人给甄宥年打电话叫他宥年哥哥？"

"嗯。"辞夏点头。

叶景茶这回放心了，松了口气说："那肯定就不是夏夏了，夏夏早死了。"

夏夏？夏夏两个字宛如一枚深水炸弹，在辞夏心里最深的地方"砰"的一声炸开了花。她问："什么夏夏？"

"就是……"叶景茶这才发现自己可能越说越乱，决定闭口不谈，但是被辞夏亮晶晶的眼神一阵猛盯后就全说了，"就是年哥以前的青梅竹马，在学校的时候来找过他几次，每次就听她喊宥年哥哥宥年哥哥的，关系还挺好的。"

　　说到这里，他觉得对不起年哥，于是赶紧弥补道："不过后来听年哥说夏夏死了，估计给他打电话的不是那个夏夏，是别人。"

　　说完又觉得自己怎么越描越黑，如果两人要是分手，他绝对是罪魁祸首，可是能怎么办啊，要是不说实话会被小老板装进珍珠里啊。

　　辞夏半天没说话，眼神呆呆的，也不知道在想什么。

　　叶景茶权衡再三，小心翼翼地问："小老板，你没事……吧……"

　　"夏夏……"辞夏声音轻得仿佛呓语，"我还以为他那个时候喊夏夏……是在喊我呢。"

　　还以为夏夏这个称呼是甄宥年对她不经意之间流露的温恬，却没有想过他喊这两个字的时候想的是另外一个人的脸，可不气死人！

　　叶景茶心里简直大起大落，恨不得觉得自己当场脑溢血，嘴里嘀嘀咕咕："我看你跟年哥在一起时还挺傻的，又好骗，可是现在怎么这么鸡贼了？"

　　没想到辞夏听见了，白了他一眼，站起来拍了拍裤子，甩了他一个白眼："你以为女孩子都那么好骗啊，不是真的傻，只是傻一点别人好懂一点好忽悠一点，为了给心上人行方便。"

　　叶景茶吓死了："所以你一开始就知道年哥可能是为了什么才接近你……"

　　"猜过。"辞夏说完朝着前面跑去。

　　叶景茶还以为她要去寻死，赶紧叫住她："小老板你去哪里啊你别想不开啊？"

　　"你是不是傻子啊。"辞夏瞪了他一眼，"店给你看了，我要去找沈不周。”

难以置信，都这个时候了，辞夏觉得自己心里的醋都汇成一条江了，她居然还在想自己不会做珍珠丸子，得让沈不周教教她。

怎么可能去寻死呢。

她好不容易活到现在的。对于现在的辞夏来说，求生和爱他，都是身体的本能反应。

而叶景茶算是想不到这么深入，他还在觉得自己可能真的坏事了，不过小老板还没告诉他年哥去哪里了呢！他总觉得心里一阵不安，见辞夏走远了才拿出手机，都响半天了，刚刚辞夏在他一直没敢接。

是他爷爷。

他还没敢说的是，刚刚他在路上瞎转的时候碰到一群很明显不是本地的人，而且……要命的是，他们居然在找甄宥年。

所以叶景茶一边立马回来一边让他爷爷帮忙查一下甄宥年最近是不是得罪过什么人，还是因为什么被追杀了。

人家都找到玉盘镇来了，他好歹算是半个玉盘镇的人，在他的地盘敢动他的人，他不准！

这会儿赶紧接起来，她喊：“爷爷。”

“甄宥年呢？”

“你干吗问他啊，你问问我就成了。”

“那朱辞夏呢？”

“你怎么谁都问？”叶景茶不乐意了，可是已经有些察觉到什么了，只听自己爷爷说——

"甄宥年以前的老板前两天失踪了，而他老板的女儿却回来了。"

"啊？"

22. 昨日事，昔年忧

甄宥年和夏夏也算不上什么青梅竹马，他们是十五岁那年才遇见的。夏夏是甄宥年老板的女儿，仅此而已。又或者通俗一点，甄宥年以前是夏父的私人保镖，和其他保镖不同的是，他是夏父从孤儿院带回去，一手培养起来的。

夏父是当地有名的商人，这个人表面上做的是光鲜亮丽的生意，而背后的触须却延续到了一些阴暗的边边角角，而那些涉及的灰色地带，便是甄宥年存在的理由。

夏父生性多疑，比起花钱请什么心腹保镖杀手，他更相信自己一手培养出来的人。所以他选择了甄宥年。

甄宥年那个时候才五岁，夏父把他从孤儿院带回来的两年后，又将他送到了国外特殊雇佣组织进行非人的训练，那些组织里培养出来的人要么是出来给人卖命的，要么是在里面丢了命的，所以残酷程度可想而知，而甄宥年在那里一待就是八年。他十五岁的时候回国，开始替夏父处理各种事情，明里暗里混迹于黑道白道之间，该做的也做了，不该做的也做了，连跟叶景茶在同一所学校读书都有一半的原因是为了任务而去的。

说白了，他就是夏父养在笼子里的一匹狼。夏家的走狗，当时他们是这么说的。

至于夏夏，她跟甄宥年同龄，一直都在国外，十五岁的时候回来就看见了已经是少年模样的甄宥年，相处的时间不算多也不算少。

后来有一段时间甄宥年被盯得很紧，而且受了严重的伤，夏父就把甄宥年送到了海边的一个小镇疗养。其实大家都明白，这样做不过是为了撇开甄宥年和夏家的关系而已，万一出了什么事情，甄宥年就是替罪羊，首当其冲。

夏夏不放心，背着夏父跟过去了，明知道甄宥年随时都有可能被对方找到然后杀人灭口，却还是义无反顾。

他们在那里待了三个月，等风头过了以后，夏夏又把完整的甄宥年带回了夏家。

甄宥年话很少，不爱笑，总是皱眉。饭量很大，偶尔会让人觉得很温柔，可是对于那个年纪的小姑娘来说，冷漠里不经意流露的一丝温柔是最致命的。

所以不管是十几岁的一见钟情，还是后来的日久生情。

少女的时候身边就有这么一个人，他满足自己所有不切实际的幻想，无数次把自己从危险里救出来，自然容易泥足深陷。

而对于甄宥年来说，他欠她两条命，一条是自己的，一条是她的。

　　两人十九岁的那一年，夏父因为生意上得罪了人，虽然对方明里还是对他有所畏惧，可是私下却开始对夏夏下毒手。

　　夏父不得已，只能让甄宥年带着夏夏逃。

　　可是路上还是出了事，对方追了过来。甄宥年担心伤到夏夏，就把她藏在一个自以为安全的地方，的确是自以为。

　　等他解决了那群人回来之后，夏夏死了，是被火烧死的。面目全非，尸体都成了焦炭。据说是意外，与追杀他们的人无关。

　　而他却侥幸留住一条命。

　　甄宥年有点没办法接受。

　　照理说像他们这样的人应该是没有心的，哪怕是自己的老板死了，都能冷眼相望，寻找下一名雇主。

　　可是甄宥年不行，做人都是有弱点的，他的弱点是层层坚硬而冰凉的壳包裹之下，依旧有着一颗温热的心，要命的柔软与孤独。

　　他就是在这个时候遇到朱辞夏的。

　　他从门缝里偷偷看进去，她坐在血泊中，双眼充斥着恐惧与绝望。

　　她呆呆地看着他，像是在求救。他以为她死了，可是小姑娘又活生生地站在自己面前，把他心里的迷茫和难受一并哭了出来。

　　所以相处的那段时间里，说不上是他解救了朱辞夏还是朱辞夏救了他。

　　总之，他活了下来。

　　回到夏家的时候，夏父并没有像预想中的那样惩罚他，甚至连责怪都没有，仅仅告诉了他玉盘镇和有关珍珠项链的事情。守珠人、珠灵、恶魂，以及以珠封魂。他说得很简单，每个守珠人最后都可以从珍珠项链那里得到一个愿望，哪怕是死而复生这样不切实际的都可以。

夏父给了甄宥年一个希望，拿到那串项链夏夏就有可能活过来。

这是他第一次想起辞夏，尽管当时并不知道她就是守珠人，可是却莫名觉得这之间应该有什么关系。

一切都好像是被命运安排好了的一般，甄宥年觉得自己好像掉进了一个巨大的陷阱里。

所以他没有答应也没有不答应，他走了，销声匿迹了三年。

回来之后仿佛与夏家脱离了关系，不再是独属于夏家冰冷的武器，可是做的依旧是受雇于人的事，帮任何人办任何事。

可是没想到，他最后还是来了玉盘镇，遇到了辞夏。

命运兜兜转转，该遇见的始终会遇见。

甄宥年在停车场找好车位，下来的时候刚好碰上下班的祝安。甄宥年并没有打算寒暄什么，擦肩而过的时候，祝安停下来叫住了他。

两人背对背站在停车场昏暗的灯光下，祝安说了些无关紧要的话后，最后才说："我不知道你到底想从朱辞夏身上得到什么东西，但是有件事必须告诉你。"他停顿了一下，"人的贪婪和欲望比你想象的要大得多，所以朱辞夏的命自始至终并不是她自己的，她迟早要回朱家的，我哥哥也是确实要娶她的。"

"那麻烦你也告诉一下你哥哥。"甄宥年声音不大，却格外沉，"单方面地宣布要婚要娶都是很可笑的一件事，朱辞夏就是朱辞夏，不属于任何人。她有自己的决定，我会尊重也会捍卫。"说完不等祝安回复便走了。

病房里，计绯然给病人处理好伤口，回身便看见了甄宥年，她有些奇怪，看了看他又看了看病床上的人，明白了什么，说："你朋友吧？她没什么事，估计刚来玉盘镇，在车站的时候遇到了劫匪，出手救了人自己被刀子划了一下，伤口已经处理好啦。"

"谢谢。"甄宥年点头，病床上的人恰好抬起头来。

甄宥年都有些记不清她的样子了，而当记忆里那个从头到尾都是模糊的影子忽然清晰地出现在自己面前的时候，他迟疑了，甚至想起了辞夏的眼睛。

夏夏刚好抬起头，目光婉转，盈盈秋水，喊了一声："宥年哥哥！"

计绯然惊了一下，虽然很想八卦，可是本着人道主义精神还是走开了。

对于死了五年的人又出现在自己的面前，夏夏觉得甄宥年的表情太过平静了一些，哪怕是旧友相见也不至于这么冷漠。

她看着他走过来，爱皱眉的习惯还是没变，不过人倒是比以前沉淀了许多。

"见到我不高兴吗？"夏夏看了一下自己缠满绷带的手，问得漫不经心。

甄宥年停在离她还有两步的距离，问："怎么在这里？"

"找你啊。"夏夏娇俏地笑着，从床上站起来，主动走到甄宥年面前，看着他的眼睛，"五年都没来找你，现在来了，你应该问我为什么才来，而不是为什么在这里。"

"夏小姐。"甄宥年好意提醒两人的距离。

夏夏偏要靠近，甚至踮起脚来："怎么，接电话的那个女孩是你女朋友吗？听声音很可……"

话还没说完，只觉得手腕上一受力，然后整个人被翻了一圈，便只能被迫背对着他。

甄宥年本来就没有用什么力，夏夏稍微挣了一下便挣开了，可是心里却被某一道枷锁越缠越深，她冷笑一声："宥年哥哥，你知不知道在意一个人的表情太明显，会害死她的。"

"别闹了。"甄宥年声音淡淡，却是很明显有些心虚地扯开了话题，"你应该有其他重要的事情要说吧。"

"什么才算重要？我死了，然后你特地来这里为我找一颗能起死回生的珍珠，结果喜欢上了那个女孩？"夏夏眼睛紧紧锁住甄宥年脸上的表情，似乎是想看出什么来，可是不过只是徒然。她轻笑一声，"可是我居然没死，是不是让你松了一口气？"

"这样你就可以洗掉喜欢她不过是为了利用她的嫌疑了。"夏夏轻笑，带着冷意。

"无所谓你怎么觉得。"甄宥年懒得解释，"没事的话我就送你回去，住哪儿？"

"住在落秋山，你也住过那里的。"

落秋山是夏家所在的地方，甄宥年那些年确实住在那里，他大概明白了她的意思，便道："那我先送你去酒店，明天再找人送你回落秋山。"

夏夏没再说话了，看着甄宥年冷漠而疏离的背影，沉了沉眼跟了上去。

甄宥年很专心地开着车，一路都没有说什么话。

夏夏坐在后面，看着两边倒退的灯火阑珊，问："为什么不亲自送我回去？"

"没有必要。"甄宥年回，毕竟已经没有什么牵连了，对于过去要断就要坚决果断一点，以免惹来不必要的麻烦。

这个时候他想的是辞夏。

夏夏看着后视镜里甄宥年的眼睛，在某一刻某一瞬间，确确实实柔软了一下，是她从来没有见过的。她垂着头，头发遮住了大部分的表情，又问了一遍："真的……不要……跟我走吗？"

甄宥年没有再次回答。

"其实你后来知道了我没死吧。"夏夏深呼了一口气，"为什么不承认以前找过我，或者，为什么不承认在朱辞夏之前，你也确实很在意我？"

甄宥年对上后视镜里她的目光。

他后来确实找过她，在那三年里。毕竟觉得她的死是一件很蹊跷的事情，当时从火灾现场搬出去的人是她没错，可那个时候她还有一息尚存，后来等他赶到医院的时候，人直接就不见了。

医生说死了，他当时也没有深究，只是冷静之后再想想，或许这一开始就是一个圈套。不是夏父的圈套，就是夏夏自己的圈套。

但是当时不想知道，现在就更不想知道了。

甄宥年沉默了许久才说："夏小姐，毕竟当时是雇主给我的任务，保证你的安全是我的工作，那大概不叫在意。"

"是吗？"这句话宛如一盆冰凉的水浇在了夏夏的头上，她笑了笑，又问了一遍，"是吗？"然后头靠着玻璃，仿佛喃喃自语般，"宥年哥哥，你知道我为什么来这里吗？因为来这里之前……我爸爸死了。"

甄宥年眼睛沉了一下，听着夏夏持续失神的声音："我爸一生都唯商是大，跟家人关系并不怎么好，娶我妈也不过是为了联姻巩固自己的根基。本来还指望生个儿子继承他的野心，可是我妈生了我。

"在你来我们家的前一年，他遭到背叛，一直以来被他当作心腹的人其实是他商业对手的走狗。对方趁我爸不在直接进了我们家，绑架了我妈。

"那个时候他们给我爸打电话，让我爸放弃某些东西拿出赎金，但我爸拒绝了，他说要杀随你们杀吧。"

"然后那些人就不客气……一刀一刀下去，我一共听到了十九刀。"夏夏嘴角一直带着一丝笑，眯着眼睛说得很随意，"因为我被我妈藏在了地窖里，就在地板下面。而她的尸体压着地窖的出口，血顺着地板的缝隙滴下来，没多大一会儿就在我脚边聚了一摊……"

耳边似乎不知从何处传来的水滴声，就像那一年的血一样，一滴一滴，一分一秒⋯⋯

"我爸两天后才在地窖里发现我，尽管当时我年龄不大，可是却一直记得他见到我时说的第一句话。"她停顿了一下，才继续，"他说：'你没死啊。'。"

"是啊，没死啊，但是出了点精神问题，他把我送到了国外的精神病院，一直到十几岁的时候好起来，他才接我回来。"

甄宥年自始至终都没有出声，车子在空旷的马路上一路疾驰。

夏夏停顿了许久，笑着说："所以两个星期前，我杀了他。"

车子停了下来，与此同时，数辆陌生的车子将甄宥年的车团团围住，从出了医院这几辆车就一直跟着他了，他没法甩掉，索性停下来。

夏夏倒是一点表情都没有，继续说："五年前的火灾是真的，我也确实差点被烧死了，不过是差点，虽然没死，但临死前的恐惧都是真实体验过的。"

"后来被人救了，我爸的商业对手之一，也是放火的人。"夏夏语气淡淡，似乎在说一个完全与自己不相关的事情，"不过我还是接受了他的帮助，并跟他一起制定了一系列扳倒我爸的计划。"

"然后你也看到了，很成功。"她的眼神忽然飘得很远，"我是两个月前回来的，回来得很突然，我爸很开心，可是几天前我下手也毫不留情。现在想想，他死前的某一刻应该是后悔了吧，毕竟我在他眼里始终是个小孩子而已，拙劣的阴谋轻易就能被看穿，可是他的罪孽无法支撑自己再苟活下去，愿者上钩而已。"

甄宥年看着外面无边的夜色，很久才问："他是谁？"

夏夏停了一下，大概是反应了一下甄宥年问的是谁，她说："我小时候在精神病院遇到的人。"

"所以也是他叫你来找我的？"

夏夏没有否认，却平静得近乎癫狂："宥年哥哥，你跟我回去吧，你想要的我都可以给你。可是，你要是不跟我走的话，我就什么都没有了，所以你怎么能说出那样的话呢！怎么能仅仅把我当作工作任务呢！我也应该是你的全部不是吗？"

"夏小姐。"甄宥年根本就没有挣扎的余地了，他看着后视镜里的人，苍白的脸以及无神的眼睛，还有脖子上的那串银链子，坠在中间的饰物若隐若现，是一颗发着淡淡青光的珍珠。

甄宥年默了默，忽然说："我可以跟你走。"

23. 世事如你，万中无一

辞夏大概毁了三斤米才做好一笼珍珠丸子，完了心里美滋滋的，夹了一个准备尝尝味道，却只感觉一阵凉风刮过，手腕一阵疼痛，丸子掉在了地上。

沈不周正在收拾跟战场一样的厨房，听到动静回过头来："辞夏？"

辞夏没听见，她正看着自己的手腕，刚刚被风吹过的地方像是被刀划过一样，开始渗出血来。

什么东西？

"辞夏？"

辞夏抬起头来："嗯？"

外面传来敲门的声音，两人同时看过去，沈不周放下手里的东西："会不会是隔壁阿姨送菜来了，我去开门。"

辞夏点点头，心不在焉也不知道在想什么，这会儿只觉得眼前一道青光划过，她猛地跟着跑出去喊："沈不周？"

明明只有短短几秒钟的时间，可是大门口空无一人，夜里的风吹着几片落叶。沈不周回头看了她一眼，不知道刚刚看见了什么，眼里一片空洞，张了张嘴，喊："辞夏……"

辞夏刚迈开腿过去，沈不周却倒在了地上。

"沈不周！"

医院里，安顿好沈不周之后已是深夜了。医生并没有查出原因，好像就是普通的疲惫过度晕过去了一样，可是他却一直也不见醒。

辞夏甚至完全想不到他在门口看见了谁，而且到现在都没来得及联系甄宥年。

刚准备问绯然借电话给朱楼打个电话，还没出病房门却碰见了祝安。尽管两人并没有什么大的瓜葛，之前的事也都过去了，可是辞夏也不知道自己为什么还是十分不擅长面对祝安。

祝安对着辞夏的时候脸色从来没好过，他走过来，大概知道了辞夏要去哪里，说："绯然休息去了。"

辞夏扒着门框："她不是说今天夜班……吗？"

"女孩子早睡早起比较好。"祝安十分有违原则地说了一句，然后径直走进来，看了眼沈不周的病历单，"甄宥年不用找了，他已经走了。"

"走了是什么意思？"辞夏一下子把门给抠坏了。

祝安抬眼，看了眼门框，又看着辞夏："你不知道有人来找他了？"

"我知道。"

"知道还问什么问。"祝安打断她，"来找他的是夏家的大小姐，身份比你好学识比你高，几年前出了点意外，甄宥年以为她死了，听说了你身上珍珠项链的传言就来接近你，想借此起死回生。懂了没？"

祝安知道这些事情并不奇怪，毕竟经历过，再加上祝深山的关系，有关这串项链，祝深山知道的事比辞夏还多，要不辞夏那次也不会下意识地找祝深山却被甄宥年截和了。

所以辞夏并没有奇怪为什么祝安会知道，她白了祝安一眼，脸上丝毫没有意外和难受的情绪："懂，可是我也从来没觉得遇到甄宥年是天意，一开始就知道他或许是有什么目的才来接近我的。"

可是不管怎么样，他来到自己身边，辞夏就觉得很开心，特别开心。甚至觉得，幸好自己还有点用，要不然也不会遇到他了吧……

"那你是不是傻子？"

辞夏懒得跟祝安讲，准备结束话题："你少挑拨离间了。"

"不然你觉得他为什么不跟你说一个字就不见了？"

"那他跟你说了一个字吗？"

祝安："……"

眼见气氛越来越糟糕，祝安忽然不咸不淡地说了一句："你吵到病人了。"

辞夏赶紧闭嘴，看了一眼床上的人，沈不周眉头皱得很深，似乎被梦魇住了一般，嘴唇张张合合呢喃着："辞夏……辞夏……快跑……不欺负你……"

辞夏莫名觉得心头一酸。

祝安皱着眉，理所当然地批评她："朱辞夏，这就是我为什么讨厌你的地方。不管是选择我哥还是甄宥年，我希望你最好能把身边这些乱七八糟的关系处理完。"说完立马自我否定，"不对，甄宥年已经不存在了，你准备一下好好跟我哥结婚就好。"

什么结婚，辞夏莫名其妙，忍了半天才尽量没一巴掌盖他脸上："你哥哥都没说倒被你全安排好了！我看你还是省点力气吧，让绯然跟胖虎……"

"好了，你可以闭嘴了。"祝安不悦地打断她，然后头也不回地出去了，并在心里做好了一辈子不跟朱辞夏说话的决定。

病房瞬间安静了许多，辞夏给沈不周盖好被子。

哪有什么乱七八糟的关系要处理，这些事情从头到尾她都分得很清。她刚来玉盘镇就认识了沈不周，除却自己的奶奶和遥远到陌生的父亲，沈不周差不多也算是亲人了，而祝深山只是普通的友人。

只有甄宥年，是始终如一的爱人。

所以听到祝安说的话她并不是不在意。

只不过很久以前，在她打开那扇门的时候就已经做好了十足的准备。

就像朱瑾说的那些话，他能图什么，反而是她可以从甄宥年身上得到什么——在她忧愁畏怖的时候给她一生心安，在她绝望濒死的时候渴望长命百岁。

这些都是甄宥年给她的。

她记得以前朱瑾问过她，有什么愿望。那个时候没想好，现在想好了，她想快点解决完这几件事，取下这串项链，然后变成一个普通人，去跟珠灵许愿。

她会跟珠灵讲，朱辞夏想和甄宥年一起长命百岁。如果不能长命百岁也没关系，那就只要和甄宥年在一起。

因为朱辞夏喜欢甄宥年。

辞夏不知道自己怎么就迷迷糊糊地睡着了。偶尔有值班的护士路过，鞋跟摩擦着地面，像是一首催眠的歌，她如愿梦见甄宥年了。

他站在小土坡上，旁边还有一个女孩，他们拉着手。

甄宥年却看着她喊："夏夏……夏夏……"

明知道不是在喊自己，可她还是应了。她想跑到甄宥年的身边，告诉他珍珠丸子已经做好了，却撞到了一层透明的玻璃墙。

看不见却摸得着，像是一个水晶球一样，她被关在了里面，而甄宥年在外面。

"甄宥年……"辞夏绝望而又无力地喊着他的名字,她拼命地想砸开玻璃,可是只是徒劳。

最后甚至听不见甄宥年的声音了,只能看着他深邃的眉眼,薄唇轻轻张启说:"夏夏……"

"不要……"辞夏看见外面好像有一阵风,狂风席卷而来,扬起的沙尘暴将甄宥年埋在了里面,只剩下那个女孩,看不清脸,却能看见她朝着自己露出狰狞的笑,还有胸口一颗青色的珍珠。

辞夏下意识地觉得,那是夏夏。

"小老板!"

辞夏猛地睁开眼,胖虎的脸在眼前放大了三倍,她猛地往后一退,结结实实地摔在了地上,直接导致口袋里的尾戒掉了出来。

这是甄宥年之前送给她的。

辞夏愣了一下,捡起来,这才回应胖虎:"你怎么来了?"

胖虎看着小老板红肿的眼睛,实在有点于心不忍:"你昨晚哭了多久啊?"

"我没哭啊。"辞夏下意识地瞥了一眼床边的被子,上面润湿了一大块,于是赶紧解释,"我睡相不怎么好,流口水呢。"然后又想起什么,赶紧问,"甄宥年呢?"

叶景茶顿了顿,欲言又止。他觉得这完全是条死路,年哥摆明了要弄死他。

　　他昨晚知道了甄宥年的身世之后找了半宿，结果下半夜接到甄宥年的电话，说是送夏夏回夏家了，让他照顾好小老板，然后就挂了电话。现在让他怎么跟小老板解释啊，难道要说送自己前暧昧对象回家了？

　　可是他也觉得有不对劲的地方，如果只是普通的送人回去，干吗这么急！干吗还不跟小老板说一声，而且，还让他有一种交代遗言的错觉。

　　辞夏大概也看出来了，说："你说吧，我没那么弱的，就算甄宥年想抛弃我了，我俩还没面对面对峙呢，说什么都不算。"

　　"你说啥呢，年哥怎么会抛弃你呢。"

　　"那你给我说一说夏夏的事吧。"辞夏找了个稍微舒服点的坐姿，昨天祝安就说了一半，她想知道全部。

　　这就很为难叶景茶了，他支支吾吾半天，还是拧不过小老板，于是一五一十将事情交代了，还添油加醋地让甄宥年原本就不怎么好的身世更加悲惨了一些，仿佛这样就能触动小老板的心，至少在甄宥年是抱有目的接近她的这件事上能中和一下。

　　可是辞夏在想什么他完全不知道。

　　她就呆呆地坐在那里，眼圈红了又红。叶景茶担心死了，只能凭感觉摸索："我觉得年哥不会是为了救人潜伏在你身边的人，就算是那样，可是我也觉得是个人都看得出来，年哥对你真的是真心的。"

　　说完，辞夏的眼泪就掉出来了，也不知道哪里出了错，肩膀一抽一抽的。叶景茶看了都心疼，束手无策道："小老板，你别哭了，别哭了成不成，我给你唱歌？"

可是辞夏就是不说话。

叶景茶没辙了："你别哭了，你要做什么我都答应你，就算现在让我把年哥脑袋提来见你都行，只要你别哭了，求您了，我佛慈悲。"

"真的？"辞夏紧接着抽了两下，装了半天累死了。

"啥？"

"我要去找甄宥年。"辞夏抹了两把眼泪，看着叶景茶，一字一句，"你刚刚说了说什么都答应，我要去找甄宥年。"

叶景茶心脏吓出来一半："不是这样理解的。"甄宥年特地打电话让他看好小老板，可不是让小老板去找他的。

于是，他思来想去，一咬牙，折中处理说："要不我陪你去吧，好歹……"

"不行。"辞夏看了一眼病床上的人，"你帮我照顾沈不周，报答沈不周之前去海里捞过你的恩情。"

"那你一个人？"

"是。"

叶景茶也想哭，也想用哭来解决事情："那你把我脑袋提过去吧。"

"胖虎。"辞夏忽然安静了下来，低声说，"甄宥年在等我救他。"

叶景茶张了张嘴，看着她脖子上的珍珠项链，可是却看不见，本该透着一丝亮光的珍珠，已经暗淡下来。

……

辞夏不得不相信守珠人的直觉，这次卷进去的，一定是甄宥年。

Episode.7
岁月如荒

"你可知这百年，爱人只能陪半途。"

24. 喜欢是来时千言万语，见面却词不达意

从戴上这串项链之后，辞夏便再也没有出过玉盘镇。

因为奶奶说了，朱楼就相当于一个结界，她对付不了的那些魑魅魍魉，朱楼多多少少可以帮她挡下一些。

不过那是以前什么都不知道的时候，现在她不觉得在自己封印了两颗珍珠以后，实力还跟以前一样只能躲在庇护之下。

现在不一样了。

　　辞夏抱着自己的包坐在大巴最后一排角落的位置，恍然记起五年前甄宥年就是这样把她送上回玉盘镇的车的。而现在同样的位置和情景，中间的五年仿佛未曾存在过一般。

　　她一路上做好了随时会遇上危险的准备，结果一路安然无恙。

　　车子停下来，辞夏从梦里惊醒。梦里又是同样的场景，自己被关在一个玻璃球里面，而甄宥年被埋在了土里，她无论如何也走不到他的身边。在梦里真实地感受到绝望和恐惧，一直持续到她自己醒过来。

　　她最后才下车，陌生的气息扑面而来，同行而来的还有逆着人群朝她跑过来的小女孩。

　　辞夏没来得及反应过来是怎么一回事，小女孩便扑到了她的腿上："姐姐，这个送给你。"

　　"哎？"

　　辞夏接过来，是一枚戒指，和她现在放在口袋里的那一枚是一对。

　　甄宥年！辞夏惊觉过来的时候，小女孩已经不见了，只有身后传来一声低呵："扔掉！"

　　可是已经来不及了，辞夏松手的那一瞬间，戒指爆炸了……

　　路人纷纷侧目，来不及报警，倒在地上的女生就不见了，只剩下呛人的浓烟，被风吹散。

　　辞夏醒过来是很多天之后了。

　　她迷迷糊糊睁开眼，动了动手指，还好身体还是有知觉的，就是头还有点晕，她起身四下看了看，是一栋很精致的别墅。

辞夏透过窗子看出去，楼下的花园站着一个陌生的男人正在浇花，他抬起头，对上辞夏的目光，男人右眼戴着眼罩。辞夏慌乱转眼，瞥见了玻璃上自己的脸，头上还缠着绷带，脸上像是被什么划过一样，无数个大大小小的细痕。

还好一枚戒指大小的炸弹并没有多大威力，而且当时扔得还挺及时的，至于脸上这些细小的伤痕怎么来的，她也不能确定。

但能确定的，是这个人救了自己，他说他是甄宥年的朋友。

辞夏好像记起什么来："是玉盘镇……"

"都是以前的事情了。"他准备了一些吃的，阻止辞夏再说下去，"我姓周。"

"谢谢周先生。"辞夏点点头。

她也确实饿了，赶紧吃了些东西先垫了垫肚子，吃饱了又端端正正地坐好，说："你怎么知道我会来这里，是不是甄宥年也知道？"

"叶景茶。"周先生言简意赅，"他找不到甄宥年接应你，所以只能将这个消息散播出去，对方知道的同时甄宥年也一定会知道。虽然把你置于危险之中了，但是也是一种信号的传递方式。"

"那甄宥年现在在哪里？"

"夏家。"周先生顿了顿，"据说回来之后就开始帮夏小姐打理夏家的事情了。"

辞夏的一颗心起起落落，怔了半天没说话，她不知道该说什么。

周先生开口问："你想见他？"

辞夏看着窗外失神："不然我为什么要来……"

"他让我找到你之后送你回玉盘镇。"周先生喝了口热茶,"不过我不这么想,时间不等人,既然来了就不要错过。"他看过来,声音有一点不符合外表的柔软,"我带你去见他。"

"谢谢。"辞夏看着他的眼睛。周先生大概也是个有故事的人吧,不愿提起有关于玉盘镇的过去,和那个永远死在玉盘镇的女孩。

夏家在一个叫落秋山的地方。

辞夏一直知道夏家家大业大,却没想到他们还真买了一座山,给自己建了一座庄园,从餐厅到卧室恨不得要翻一个山头的那种。

辞夏心里想的是夏夏存心不让她见甄宥年,她就算有能耐翻山也得翻十天半个月吧。

周先生的身份和地位足够让他正大光明地进入落秋山,两人被管家带到了会客厅,奢华的装饰以及宫殿般的房子自然不必说了,辞夏一心想着见甄宥年,可是来的人却不是他。

是夏夏。

她从楼梯上下来,宛如一个走下城堡的公主。

辞夏看着她停在自己的跟前,和自己完全不一样的样子,成熟而凌厉,身上有和甄宥年一样的气场。

辞夏这才觉得,梦里那个玻璃球的两面或许就是她和甄宥年的两个世界,夏夏和甄宥年是一个世界的,可是这没有什么不对。

辞夏的目光顺势落在她的脖子上,一条银色的项链,中间坠饰被衣服遮住了,她没有看见,但是心里隐隐有了一种不好的感觉。

夏夏许是意识到了她的目光，伸手盖在胸前，露出因为受伤缠着绷带的手腕，走过来径直停在辞夏面前："你是宥年哥哥的朋友吧。"

辞夏一时忘了说话，也不知道该说什么，周先生冰冷的脊背遮住辞夏的视线，他挡在辞夏面前："阿年呢？"

"宥年哥哥吗？"夏夏笑，"生病了，估计是见不到了。"

辞夏心里一沉，紧张的情绪压根儿没法遮掩，刚想开口，夏夏插了进来："既然是宥年哥哥的朋友，就留下来吃个晚饭吧，我来招待你们。"

辞夏本来想拒绝的，可是一想就算现在见不到甄宥年，多待一会儿见到的可能性总会大一点，于是皮笑肉不笑："好啊。"

"那我们去厨房，我给你做我经常给宥年哥哥做的菜。"

辞夏连皮笑都挤不出来了，格外哀怨地看了一眼周先生。

两人没走多远人就来了。

周先生看着甄宥年有些匆忙地从楼上下来，西装笔挺，长腿阔步，和自己认识的那个随性懒散的人完全不一样。

"她呢？"

"被你们家夏小姐带走了。"

甄宥年凝眉看了外面一眼，并没有人告诉他有人来找他了，他刚刚在隔壁那栋楼帮忙处理夏家的事情，也不知道为什么侧头看了一眼，便看见了那个朝思暮想的身影了。

他还以为自己眼花了。

甄宥年有些烦躁地扯了扯领带，眉头皱得很深，语气不悦："为什么带她来？"

"如果她不愿意的话，我应该没法强行带一个人过来。"周先生摊了摊手，"阿年，我不明白你在做什么，但是不要做让自己后悔的事。

"如果是现在的我的话，面对死亡，我会选择两个人一起走最后一段路，而不是自以为是地为对方争取活下去的机会，这很自私。"

"够了。"甄宥年不想再听鸡汤了，他并不怎么放心辞夏和夏夏单独待在一起，急着跟过去，可是走了两步又停下来，眼神十分不善地看着周先生，忽然问，"她脸上的伤怎么回事？"

周先生顿了一下，无奈地深呼一口气："怪谁？"

怪自己，甄宥年明白，怪他没有来得及和辞夏说清楚，怪他让人千里迢迢过来，可是现在他有点烦，不耐烦道："怪你。"

辞夏虽然不明白夏夏的意思，但是至少确定她现在并不会对自己做什么。夏夏正在跟厨师点菜，忽然看过来问："朱小姐，你有什么想吃的吗？"

辞夏应了一声："珍珠丸子吧。"

陌生的菜名很明显让对方苦恼了一下，辞夏笑嘻嘻："要不我来做吧。"

她说着挽着袖子走了过来，跟厨师要了几样原料，然后便霸占了厨房。其实她也就做过一次而已，待会儿指不定不小心会炸厨房。

夏夏在背后冷眼看着她，声音却一如既往的娇俏："你还真是一个有趣的人。"

"是吗？"辞夏说，"以前也有人这么说过，然后我说，你别夸我了，要是我不有趣了怎么办？因为我担心我不有趣的话他就不喜欢我了。"

"谁说的？"

熟悉又有点陌生的声音，辞夏手一抖，丸子掉在了洗手台上，她毫不畏惧地捡起来，端端正正地放进盘子里，从容不迫地回过头。

甄宥年就站在门口的光影之间，长身而立，满身都是令人眷念的气息，却又有点不真实。

夏夏赶在甄宥年开口之前跑了过去："宥年哥哥，你怎么来了？"

辞夏毫无反应地又转过身继续捏丸子。

甄宥年收回视线，因为不确定夏夏到底想做什么，所以他也不好贸然动作，于是说："有点饿了。"

"那正好，我们正做饭呢，朱小姐口味比较挑，看不上厨师做的菜，非得自己来，所以就由她了。"夏夏一副无可奈何的语气。

"那是挺过分的。"

辞夏狠狠地捏了一个瘪瘪的丸子，似乎是报复完了，然后开心地搓下一个。

接下来也毫不介意甄宥年坐在旁边三番五次想开口说话的样子，她反而次次在他想开口之前借由跟夏夏聊天来打断他的话。

晚饭吃得很平静，辞夏从头到尾埋头苦吃，跟小学生做作业一样吃得特别认真。

甄宥年完全搞不懂辞夏在想什么，大概是生气了吧，他无奈地放下筷子。刚想开口，周先生适时地递给辞夏一杯水："慢点，别噎着了，怎么饿成这样子了，是不是被家暴了？"

虽然声音很小，但是一字不落地被甄宥年听见了。

夏夏看见了只是笑："宥年哥哥，你朋友和周先生看起来感情可真好。"又看甄宥年似乎没有再吃的意思，问，"今天怎么吃这么少？"

甄宥年眼皮懒懒地掀了掀，没说话。

辞夏抱着水杯咕噜咕噜跟从沙漠走出来的一样，一口气喝完之后猛地放下杯子说："我没有很挑。"

"嗯？"

一桌人看着她，辞夏却只看着夏夏，回答了一个很久之前的问题，她说："我不是因为很挑，之所以想吃珍珠丸子，就是因为欠着一个人一道菜而已，今天还了。小时候奶奶告诉我，不管是话也好东西也好，要说的就当面说清楚，要还的也当面还清，同时在决定两清的时候，这两个人也已经没有关系了。"

周先生看了看自己刚刚递过去的杯子，确定那真的只是一杯水而不是一杯酒。

辞夏完全不顾面前那道灼人的视线，忽然站起来对周先生说："我吃饱了想运动一下，我先去车上等你。"

然后跑了。

辞夏也不知道自己在做什么，其实在看到甄宥年安然无恙的那一刻她已经很开心了，什么气都没有了。

不过她不想当一个脾气太好的女朋友，不然甄宥年会越来越嚣张的。他明明就有错，不告而别还什么都不解释，而且夏夏一直宥年哥哥前宥年哥哥后地叫，她听得很烦。

辞夏一口气从山顶跑到半山腰，结果发现自己迷路了，夜晚山里的风总是带着一丝诡异的味道。

树影幢幢，里面总像藏着什么人，辞夏不禁警惕起来，朝着路边的林子走进去："谁？"

路灯照着身后一个黑影盖过来，巨大的手劲捏得她胳膊生疼，她刚想挣扎，却嗅到了一丝安心的味道。

"甄宥年……"

三个字刚说出口眼泪就掉出来了，她也不知道为什么要哭，大概是一路上所有的恐惧终于找到了港湾，这种瞬间的安心太让人沉迷了。

辞夏觉得喜欢甄宥年就是在吸毒，一点一点地上瘾，然后粉碎自己的坚强和独立，把自己变成一个废物。

想到自己已经变成一个废物了，辞夏就更难过了，还有点生气，在甄宥年看不见的地方赶紧擦眼泪。

"擦完了吗？"甄宥年忽然开口。

"我没哭。"

"我又没说你擦眼泪。"甄宥年觉得心口一片湿热，他轻轻拍着小姑娘的背替她顺气，声音仿佛是融化在地面的月光一般，"都得逞了还哭？"

半天不让他说话，还故意说那么多决绝的话气他，他气得都没吃多少饭，气自己怎么能让她一个人千里迢迢来找他，怎么能让她受这么多伤。

他大概是全世界最没有用的男朋友了。

"甄宥年。"辞夏推开他，眼神直直地看着他，"在此之前，我有一个问题想问问你。"

甄宥年大概这辈子都没有这么慌过，像是站上了断头台："什么？"

"我不管你是不是真的为了夏夏接近我，我就想问问你，你还要不要我？你要我，我把未来都给你。你不要我，我就走了，把我和你的过去一起带走。"

铡刀偏了，擦了个边儿。甄宥年松了口气，侥幸留了一命。他把她重新拉回怀里，语气里有大难不死的笑意："怎么会不要你呢？

"怎么会不要你呢，小珍珠，你一来我什么理智都没了。"

25. 你可知这一生，爱人只能陪半途

甄宥年好一会儿才替辞夏顺好气。

他凝着她满是伤痕的脸，眉头皱成了川字，辞夏这才记起来自己差不多是毁容的状态了，想挡住脸却被甄宥年拦住了。

"疼吗？"

"疼！我终于明白了你以前为什么老要我在关键时候想晚上吃什么，现在不用了，现在哪怕下一刻就会死，这一刻也会想下辈子在一起的时候，晚上要吃什么。"

仿佛下一刻就会是永久的离别，所以要在每一次拥抱的时候尽可能地抱紧一点，辞夏特别认真地说："现在不用你教了，我会自己想你。每时每刻，都很想你。"

甄宥年的心在这一刻也格外平静，就算不知道接下来会有怎样的无法预测，可是在能享受某一秒钟的时候尽情享受，在该开心的时候开心，这是辞夏教给他的人生信条。

"嗯，那给你多抱一会儿。"甄宥年说，"接下来的事情我们一起面对。"

辞夏点头，眼神都变得认真起来，问："所以，夏夏真的是……"

"是。"甄宥年的声音沉下来。

甄宥年答应夏夏回来的原因之一就是因为看见了她身上的珍珠，尽管他没有辞夏那样的直觉，可是下意识就觉得不对劲儿。

原因之二，他听玄武说过，辞夏的那串珍珠项链上，剩下的两颗珍珠是暗下去的，这意味着什么暂时不知道，不过一定不是什么好事。

夏父以前为了这串项链收集过许多的情报，包括在此之前所有的守珠人的命理以及珠灵和恶魂的路数，所以夏家知道的可能要比辞夏自己知道的还多，大概也会有珍珠变灰的记录在，他原本就打算去夏家查一下。

但是夏夏成了青龙珠的恶魂，应该也是在夏父和他预料之外的。

至于青龙珠和白虎珠之所以是暗下去的，大抵都是因为珠灵出了问题。

之前的朱雀珠，珠灵是被恶魂杀死了，但是这两颗有点不一样，甄宥年现在只能确定，青龙珠的珠灵并没有死，而是流落在外。

珠灵和恶魂毕竟是异次元的灵物，不能在他们这个世界太久，所以珠灵需要定期回到珍珠里面，而恶魂也必须靠近珍珠项链来汲取能量。可是青龙珠的珠灵大概因为什么原因始终没有回去，最后连自己都忘了自己珠灵的身份。

本体珍珠被当年的夏父给带走了，所以现在的青龙珠灵就像是一个失去了心脏的人类，或者像一个被抽去了灵力的妖精一样，甚至没有办法变回珠灵。

所以在此之前辞夏也确实拿青龙珠的恶魂没有办法。

两人就坐在路边的木椅上。

甄宥年凝着眉头，他握着辞夏的手，不知道什么时候在她手里放进一条项链。

银色的链子，正中间圆润的珍珠泛着一丝淡淡的黛青色，月光在珠面流淌。

大概是守珠人的直觉，辞夏有些诧异地望着甄宥年："珠灵珠？"

"是。"甄宥年点头，"夏父以前去玉盘镇带回来的，后来在夏夏手上。"

　　"所以夏夏同时拿着珠灵珠和恶魂珠？"辞夏忽然想起之前看到夏夏脖子上的那条链子，大概就是这一条了，于是关注点忽然变得很奇怪，"你怎么拿到的？"

　　毕竟女孩子的贴身饰品，而且这么重要的东西，夏夏肯定会放得很妥帖。

　　"偷来的。"甄宥年没明白辞夏真正的意思，"尽管暂时不知道珠灵在哪里，可是如果还活着的话，应该就在你身边，毕竟珍珠项链在你这里，珠灵和恶魂都没有办法离你太远。"

　　辞夏刚想说什么，远处忽然传来一声巨大的爆炸声，一瞬间火光漫天，照着一股浓烈的硝烟腾腾而上。

　　辞夏耳朵里一阵鸣响，短暂的几秒钟听不见任何声音，所以也没有听见林子里转瞬即逝的巨大动静。

　　甄宥年皱着眉，回头对上辞夏困惑的目光说："应该是夏夏，来之前周先生和她在一起。"

　　"那周先生……"

　　"我去看看。夏夏这边我先牵住她，你先回玉盘镇找珠灵。"

　　"可是……"可是别无选择，辞夏瞬间便明白了，没有珠灵的话就算自己去了也做不了什么，反而是甄宥年确实可以暂时牵制住夏夏。

　　毕竟夏夏心里对甄宥年还是有别样的感觉的吧。虽然很不甘心，可是大局为重。

　　辞夏咬牙，点头。

　　准备走的时候，甄宥年忽然把她拉近，辞夏疑惑了一秒，然后看着他紧皱的眉心安抚他："甄宥年，你不用担心我……"

她顺势钩上他的手指，眼睛里面没有任何迟疑和畏惧，晶亮笃定："拉钩吧，约好长命百岁，一辈子都不许反悔。"

甄宥年失笑，拍拍她的头："注意安全。"

看着她坚定而无所畏惧的背影，和曾经那个迷惘的小姑娘已经完全不一样了。甄宥年也转身，朝着林子里走去，他其实在意的不是青龙珠，而是白虎珠，尽管还没有苏醒。

可是那个同样没有珠灵的存在，才是对辞夏最大的威胁，他不想辞夏最后走上和朱瑾一样的路。

所以他最开始的时候有想过，只要青龙珠不被封印的话白虎珠就不会苏醒。所以只要看着夏夏就行了，这就是他现在在夏家的第三个原因。

可是这样的想法太傻了，就算他不做什么，白虎珠也会诱导辞夏封印青龙珠，甚至已经来了。甄宥年看着远处的火光，还有刚刚林间一闪而过的身影，他几乎能确定白虎珠就是夏夏前些天介绍给他认识的，那个在精神病院遇到的男人。

辞夏一路朝着山下跑去，这个时候才记起来自己还有叶景茶给她的手机，她想不到自己身边有哪些人可能是珠灵，又或者是她身边就那么几个人，但是任何一个，她都不愿意承认。

辞夏掏出手机才看见叶景茶打过来的无数个电话，最后是一条短信："小老板，沈不周……"

屏幕上没显示完，辞夏也来不及看了，她只感觉周身忽然掀起一阵冰凉的风，手腕一阵疼痛，手机掉在了地上，像是被什么碾过一样瞬间粉碎。

辞夏惊魂未定地停下来，看着前面的人。月色照亮了那么一小片地方，像是特地打好的聚光灯。

夏夏就站在光眼处，手上长长的绷带随着风一起飘起来，眼神空洞无神，像是来自宇宙的黑洞一般。她远远地看着朱辞夏，说："你为什么要来？我明明跟宥年哥哥约好了的，只要他陪我，我就不去找你，也不做坏事，一直到你死了我也死了，守珠人和珍珠的恩怨变成另外的人，所以你为什么要来破坏这个约定？"

辞夏走近，刚好停在她被拉长的身影边，呼吸也镇定了下来："因为我也跟他约好了。"

"约好什么，杀了我封印青龙珠吗？"夏夏扯着嘴角，笑容僵硬，"怎么可能，你知不知道，青龙珠一旦被封印白虎珠就会醒过来，甄宥年怎么可能让你接受守珠人的宿命？"

辞夏心里一沉，她不想知道什么是宿命，只是下意识回道："夏夏，事情不到最后一刻，就永远不知道会发生什么，如果真的是宿命的话，那也逃不开。"

"所以你舍得？"夏夏冷笑，手上的绷带终于被风吹开，那里藏着一串手链，最中间的那颗黛青色的珍珠，便是恶魂珠了。

这是那个男人给她的，在精神病院的时候，他是她唯一的朋友。

她那个时候以为是救赎，却没有想到是一步一步的沉沦。童年的绑架是他设计的，少年的火是他放的，而现在这一步，也是他早就计划好的，这就是她的宿命。

夏夏忽然放缓了语气："那你知不知道……青龙珠的恶魂是谁？"

她没给朱辞夏思考和说话的时间，身体化成了一阵疾风，朝着辞夏席卷而来。

辞夏根本就逃不开，只能感觉风像蛇一样从头到脚缠着自己，近乎窒息。她咬牙，试图打开珠界的门。

可是根本就动不了，她甚至碰不到脖子上的项链，身体的挤压感也越来越强，几乎要压迫内脏，耳边充斥着夏夏狂妄的笑声："朱辞夏，其实我这一生没什么不甘心的，因为你比我还惨。"

辞夏刚张嘴，喉咙便涌出一股血腥味，而眼前的世界也开始旋转，变得不甚清晰。

"啊……"

她大叫一声。

一直握在手里的项链掉在地上，滚落在阴影里，停在谁的脚边，辞夏看不清，只觉得眼前有一道白光闪过。

"辞夏！"

不出意外，她听见了沈不周的声音。在夏夏问她的那一刻她就猜到了，珠灵是沈不周。

她刚到玉盘镇就遇到了沈不周，她十三四岁，沈不周不知道自己多少岁，他说他是沈风仙在公园捡的。

在辞夏不明所以被玉盘镇的人敌对的时候，也是这个干净纯白的男孩子偷偷把她拉到巷子深处，说欺负人确实是不对的，可是他们都是好人，暴力只是为了掩饰内心的恐惧。

于是，他就挡在辞夏面前，和辞夏一起，与他说的那些好人为敌，她心想怎么会有这么单纯的男孩子。

后来被欺负的从辞夏一个人变成了辞夏和沈不周两个人，辞夏觉得这样连累人有些不好，可是沈不周依然傻傻地来找她，好像陪着她的话，被人欺负就不会那么惨了。

不光单纯，还很傻。

有一次那些人偷偷地把两个没多大的小孩子放在城乡大巴上送走，醒过来的时候辞夏和沈不周发现自己竟然在海边的一个茅草屋里。

海边风很大，他们没有取暖的东西。沈不周从小就身体不好，那一次差点死了，辞夏也觉得自己快要死了。

可是再醒过来的时候，是沈不周瘦小的身子背着她，一步一步走到了有人的地方。后来他病得比她还要久，差一点就死了。

……

而现在她才知道，那个时候的沈不周承受的不光是她能感受到的饥饿寒冷，还有她不知道的，珠灵失去珠灵珠的痛苦，就好像将氧气从人的呼吸中一点一点夺走一样。

沈不周就是那因为执念而留在人间的珠灵，最开始是因为那个孤独的老人，在公园里递给他一个馒头，教他唱戏。珠灵为善，他要报恩。

后来是因为辞夏，一个倔强的小姑娘，他想保护她，就没有走。

最后他把珠灵珠丢在了那个茅草屋里，被路过的夏父捡走。

他想他最后活下来，还是因为辞夏在身边吧。可是后来越活越觉得自己是人，也忘了自己是珠灵的事情。

那一天夏夏出现在沈院的那一刻，大概是珠灵珠的感应，所以他猛然记起了自己是谁。

而夏夏也知道了，因此不敢同时面对珠灵和守珠人，便走了。

辞夏已经感觉不到自己的存在了，身体破碎的疼痛在脑袋里炸开，可是她却看见变成了一条小青龙的沈不周停在她的眼前。

辞夏张张嘴，她想放弃了，所有的感知都集中在眼角的皮肤上，眼泪是温热的，甚至灼人。她哭："为什么要来……"

"辞夏对不起，是我太自私了……"

"不要……"辞夏的身体被迫蜷缩在一起，已经听不见自己的声音了，好像是意识在说话一般，"你可不可以不要变回珠灵，做人不好吗……"

沈不周的声音越来越远："做龙可以保护你……"

不需要保护的！

辞夏摇头，她想说我所有的境遇和难堪，受过的伤和挫折，从来都不是为了让你们可怜我而保护我，只是为了让你们不要小瞧我。

可最后只有一声绝望的尖叫划破了夜色，惊起了层层林间鸟。

喧嚣的夜一瞬间归于沉寂。

沈不周自己划开了辞夏颈部的皮肤，鲜血浸盖了珍珠，珠界大门被强迫打开，他便趁机带着夏夏一起进去了。

辞夏踉跄着从地上站起来，想强行打开珠界的门把沈不周拉回来，可是背后一片尘土飞扬，沙砾像是万箭一般打在她的身上。

她回过头，不知道哪里吹起来的风沙遮住了眼帘。与此同时，脑袋里一道白光划过，如同劈开了头颅，像是有什么在蚕食她的身体。

她撑着手跪在地上，闭上眼睛，便看见甄宥年被埋在了土里，白虎珠醒过来了！所以那个梦，是白虎珠的预示。

一片树林相隔，寥寥数里，刚刚爆炸过的地方被风席卷成一片废墟，惨白的月光照着花鸟树木残骸遍布。

甄宥年停下来，看着眼前的人，又或者是恶魂。他站在树影之下，修长的身影像是树干一样在摇晃的树影里岿然不动，要不是还有风吹树叶摩挲的声音，他几乎要以为时间在这一刻停止了。

他走上两步，枪管抵着恶魂的后脑："如果我现在杀了你呢？"

恶魂背对着甄宥年，声音没有丝毫的起伏："你觉得是你的枪比较快，还是……"

话音未落，与枪声同时响起来的，还有林子另一边辞夏绝望的叫声，青龙珠封印结束了，白虎珠瞬间苏醒。

甄宥年一惊，看着前面的人慢慢转过身来，仿佛身体不曾进过子弹。

"甄宥年，你还有一点点用，所以我暂时不杀你。"

恶魂大概也没有想到青龙珠灵保护朱辞夏的执念会这么深，居然不需要珠灵珠就变成了青龙，一瞬千里来到这里。

而短短一秒钟的间隔，甄宥年只觉得有什么攀上了自己的小腿，然后像是陷入了沼泽一般，被扯进了土里。

与此同时，百米外朱辞夏的声音传过来："甄宥年！"

恶魂丝毫不曾皱过的眉头微微一动，两人之间迅速卷起一阵风沙，于是，月光下本身就不甚清晰的身影被阻断。

耳朵里尖锐的鸣响又来了，辞夏听不见任何声音。

她知道白虎珠已经醒过来了，以前不知道守珠人和珍珠之间的感应，可是现在不会再那么傻了。

她只能凭着感觉朝着风沙里走去，沙子打到眼睛里，脚下寸步难行，可是甄宥年被埋在土里的场景却在眼前清晰无比。

等她好不容易走过去，甄宥年已经不知所终，风沙依旧在狂啸，万斤沙砾仿佛压在了辞夏的心头。

茫茫荒野，映照着最深的夜，甄宥年好像就这么凭空消失了一样。

辞夏狠狠喘着气，呼吸声、心跳声、世界的声音渐渐回到耳郭，可就是听不见甄宥年的声音。

她看着脚下，这么大的地方，她甚至不知道甄宥年被埋在了哪里，而现在能想到的唯一办法就是把这里翻个遍，她一定要把甄宥年挖出来。

　　失去理智也好，傻也好，无意义也好，可这是无尽的绝望里唯一的希望了。辞夏咬着牙跪在地上，近乎疯狂，仿佛自残般，一直到指间都磨出了血珠："甄宥年……"

　　大概是感动了宿命吧，明明已经痛到麻木的手心却忽然感觉到了冰凉，是一颗粉色的珍珠，像是月光下的一粒露珠，盈盈闪闪。

　　辞夏咬破了嘴唇，慌忙拨开上面的土，是那串手链，那个时候她敲开了甄宥年的门，情急之下随便送给他的。

　　而她现在终于明白，最开始在海边的时候自己为什么要回头，后来为什么要敲开他的门。

　　因为她的一生，都在那里。她回过头，打开门，才看见她的这一生，开始明亮起来。

　　辞夏也不知道过了多久，挖了多深，直到自己碰到甄宥年的手，然后是胳膊，松散的沙土不至于埋得太紧，她庆幸自己残存的力气还足够。

　　直到她将甄宥年整个人扯出来的那一刻，她才哭出来。

　　可是未曾停息的风沙丝毫不会有任何怜悯，她不用回头也能看见身后仿佛巨山一样压过来的沙土。

　　辞夏已经没有力气了，而甄宥年在迷糊之间，身体里残留的最后的力气便是抱紧了辞夏。

　　"疼吗？"

"疼死了。"辞夏闭上眼，但是你抱一下就好了。

……

"年哥！小老板！"

远处传来叶景茶的声音，原来不唱歌的话，胖虎的声音也挺好听的，这是辞夏失去意识前，最后的想法。

Episode.8
月落灯红

"但愿那月落重生灯再红。"

.

26. 你是我这一生等了半世未拆的礼物

辞夏醒过来的时候有点不知今夕何夕的感觉。

好像做了一个很长很长的梦，梦里很多乱七八糟的东西，恍然觉得中间的十年似乎并未存在过。

她还是十二岁的样子，从睡梦中醒来，不情不愿地起床去学校，有时候会碰到祝深山顺路载她一程。

可是怎么会呢。

辞夏坐起来，又确定了一遍，才真的确定自己回到了朱家。她摸了摸脖子上的珍珠项链，青龙珠已经移到了旁边，中间的依旧是一颗灰色的，白虎珠。

"醒了？"

辞夏抬起头，忽然有点想不起来眼前的人是谁。在她的记忆里，祝深山永远一副西装革履精致到不染纤尘的样子，而现在穿着一身休闲的家居服，原本的冷漠凌厉被温柔包裹起来，连眼神都变得柔和了许多。

他走过来："才半年没见就忘了？"

祝深山就住在辞夏隔壁，因为小时候辞夏爸爸很少管她，所以辞夏跟祝深山玩的时间比较多。之后辞夏去了玉盘镇，祝深山因为工作忙的原因，半年会去见她一次，平时会打打电话。

后来祝安放弃大城市的工作机会去玉盘镇这个小地方当医生，也是祝深山安排的，说是能帮忙照顾一下辞夏。虽然祝安是百分之百兄控，祝深山说什么是什么，但在对辞夏的态度上是怎么都不会好。

"祝深山……"辞夏张了张嘴。

祝深山走过来拍了拍她的头："长大了，半年前还在叫我深山哥哥的，现在开始连名带姓了。"

因为知道不能再有其他暧昧的称呼了，辞夏低着头，问："我怎么……回来了？"

"听说你从玉盘镇来这里了，很疑惑为什么没有联系我，打电话问了小安才知道。"说到这里，祝深山停顿了一下，走到窗边拉开了窗帘，满园的阳光泄进来，"所以就去夏家找你了。"

辞夏看着他挺拔的后背，忽然有一种眩晕的感觉，她摇了摇头。

"没有什么要问的了？"祝深山走回来。

"嗯？"辞夏的视线又清晰起来，看着祝深山，"我以为你会问问我那位……甄先生。"她眼神很明显地慌了一下，她张了张嘴，终究还是没有说出来。

祝深山笑了一声，没有让她太担心，回复："他受了很严重的伤，被他朋友带走了。"

"嗯。"辞夏在心里悄悄松了口气。

祝深山看着她脖子上的项链，没忍住："等稍微好点，就接甄先生过来吧。"

辞夏注意到他的目光，下意识地握住项链说："你应该知道了吧，只剩白虎珠了。"

"是，"祝深山凝着眉头，"没有珠灵的话，想好怎么办了吗？"

辞夏摇头，深呼一口气："船到桥头自然直，如果是宿命的话也躲不开的。"她笑笑，"没事，你不用太担心，我会处理好的。"

祝深山自然不会放心，问："害怕吗？"

辞夏摇头："不怕了。"

"嗯。如果害怕的话，我会尽量减少工作多陪陪你。"

"不用了。"辞夏从床上下来，大概是珍珠项链的原因，她并没有受什么重伤，之前的伤也因为青龙珠被封印已经好了。

　　"恶魂对守珠人有杀意，无非就是想杀了我，但毕竟也是人而已，人要杀人的话，我自己雇些保镖在身边就好了。"

　　祝深山无可奈何地笑了笑："也不是不行。"

　　辞夏爸爸虽然不怎么管她，就随便扔了一栋房子给她，不过给她安排的管家办事效率还是很高的，第二天保镖就来了。

　　而辞夏也确实没想到，她在找来的那一群保镖里，看到了甄宥年。才不过两天而已，他身上的伤都还没好，大概是阳光的原因，照着他脸上的皮肤比旁人白色的衣领还要浅几分。

　　她看不见墨镜下他的眼神，也不敢去看，但能想象得到，他深黑的瞳孔，紧皱的眉头，每次看她的时候，都让她想永远住进去。

　　可是，甄宥年为什么要来？

　　外面有车子停下来的声音，辞夏心里一慌，回过神来，对管家说："可以了，都分下去吧。"然后像是逃一样地窜了出去。

　　出门的时候，她刚好撞见祝深山进来。

　　辞夏拦住他："你回来了？"

　　祝深山凝眉看了那群跟流水线上走下来的人，问："保镖都雇好了？"

　　"随便瞎雇的。"辞夏问，"今天为什么回来这么早？"

　　"不放心你，把手里的工作压了下，赶回来陪你吃晚饭。"祝深山笑着拍了拍她的头，"所以晚上想吃什么？"

"都行。"

"试试我的手艺怎么样？"祝深山笑，"第一次下厨，如果辞夏小姐待会儿觉得还行的话，就笑一下，当用餐费了。"

辞夏的注意力全在背后那道灼人的目光上，所以完全没听祝深山说什么，只能应和道："谢谢。"

而这一对的浓情蜜意全部落在了甄宥年的眼里。

他跟在人群之间，本身气质有些过分出类拔萃，更何况现在全身都凝着一股瘆人的气质，更显得有些突兀了。

管家走过来问："你叫什么名字？"

"甄宥年。"

"跟我过来。"

他们是朱辞夏为了保证自身的安全才找来的，所以自然是要在朱辞夏遇到危险就能马上出现的范围内。

甄宥年被带到了祝深山家外面，离辞夏家并不远的地方，甄宥年属于倒数第二道防护，就守在辞夏所处的空间外面。

所以屋子里除了祝深山和辞夏，还有两个贴身保镖。

屋子里，祝深山一边做饭一边给她回忆两人小时候的事，甄宥年站在暗处，靠在墙上不想听也得听，估计自己也是吃饱了没事干，给自己找不痛快。

可是有什么办法呢，那些都是有关于她的，没有他的过去。

"你还记得你十二岁的时候吗？"甄宥年准备走开的脚步又停下

来，听着祝深山不怎么好听的声音，"你和小安在一个学校，圣诞节的时候和他女朋友一起去隔壁学校翻墙，结果掉进人挖好的陷阱里去了。"

"记得……"辞夏的声音轻轻软软的，和阳光一起撩在甄宥年的心上，"隔壁是个私人军校……我还摔坏了腿……弄丢了奶奶给我的珍珠发卡……"

甄宥年垂着头，阳光打在他的鼻梁上，他忽然笑了起来。

一直到夕阳西下，夜色渐浓。

祝深山送辞夏回了家，他们几个保镖也一直在暗处，可是辞夏进屋的时候，甄宥年却并没有跟进去。

他转身，往祝深山家里走去。

祝深山刚走到门口的时候却停了下来，他回过头，眼睛里有一瞬间的诧异，不过立马想明白了甄宥年为什么会在。

或许，甄宥年一直都知道最后一个恶魂是谁。

祝深山笑了笑，没有过多的寒暄，直接说："甄宥年，你何必呢，明知道什么都改变不了。"

甄宥年站在离祝深山不远的地方："我知道，"他边走边说，"我也没想改变什么。"

路面婆娑的树影摇摇晃晃的，两道人影纠缠在一起，很快便有一方占据了上风，而另一方像是被丢弃的垃圾一样被扔在了树上。

　　甄宥年擦了擦脸上的血，给叶景茶打了电话，没等那边同意便挂了，然后再看了一眼地上的人，转身离开。

　　祝深山眼睛上蒙了一层血浆，几乎睁不开眼，却仿佛能看到一道比黑夜更深的黑影。他扯了扯嘴角，声音像是飞蛾振翅，微不可察："你觉得这样就能改变宿命？"

　　"不可能的，哪怕那串项链可以起死回生，也没有办法把变成珠灵的人还回来，这就是宿命。"

　　可是甄宥年仿佛没听见一般，继续往前走，朝着对面那栋楼的一扇灯光一直走。

　　在他以为，只要等到天亮的时候，祝深山连同他身体里的恶魂，就会被扔在深海之中。叶景茶会做到，所以他什么都不用担心，也不用畏惧所谓的宿命。

尾声
循环往复永远爱你

辞夏又做了那个梦。

从很小的时候开始，那个梦便一直缠绕在自己睡眠的最深处，一只白色的大狗，身上有红色的花纹。

它朝着自己扑过来，尖锐的獠牙狠狠地插进自己的肩胛骨，然后一点点地撕开自己的身体，骨骼和血肉慢慢与自己灵魂脱离，最后什么都没有了。她甚至不知道自己是从梦里的哪个角度看见这个场景的，大狗叼着自己的最后一块骨头，朝着前面跑去，最后停在一个人的脚边。

辞夏看不清他是谁，明明轮廓就要清晰起来，可是依旧睁不开眼睛。

......

拼命挣扎的结果是从梦里猛地睁开眼，然后看见了自己房间的天花板，在漆黑的夜里不再是冰冷的月光，而是从旁边照过来的一丝暖红色的灯。

辞夏慌忙侧过头去，光影里不甚清晰的轮廓却让她格外安心。

甄宥年走过来："醒了？"

辞夏猛地坐起来，想说什么的时候却发现喉咙干哑得厉害，甄宥年递过一杯水："别说什么我是你们家雇的保镖为什么随便进你房间之类的，你自己喊我进来的。"

辞夏看着水杯不肯接过来。

"不喝我喂你了？"甄宥年把水杯塞进她的手里，"是不是又做噩梦了？"

他低着头，眼底蹿过一片温柔，话说得漫不经心："我在外面的时候听见你一直喊我的名字，心都被你喊化了。"

辞夏并没有像以前那样一说就脸红，尽管有一千种情绪漫过心底，可是到头来不过转瞬即逝，她垂着头，温热透过玻璃杯蔓延至全身。

"甄宥年，你为什么会在这里？"

甄宥年在她旁边坐下来，声音带着些笑意："女朋友跑了，留下一个欠了一屁股债的店，我出来打工给她挣房租，刚好听说朱小姐家里找保镖。"

辞夏咬牙，看着甄宥年的眼睛，不过几秒便败下阵来："甄宥年，你走……"

话没说完，甄宥年却抱住了她，辞夏没有任何准备，就这么被他顺势压在了床上。她刚想动手，却听甄宥年的声音轻抚着自己的耳郭：
"我伤还没好。"

辞夏看不见甄宥年的表情，她软下了身子："甄宥年，你不要这样。"

"不要怎样？"声音里带着一丝喑哑的疲惫感，"小珍珠，你之前跑到我床上的时候说过要让我睡回来的。"

辞夏心硬不起来了，眼泪也忍不住，顺着眼角的皮肤滑到了甄宥年的耳边。

"哭什么？"甄宥年并没有全部压住她，他微微抬起身子来，看了她许久，最后叹了口气，刚想起来，"小珍珠……白虎珠……"

辞夏没有让他说下去，她忽然抱住了他，然后吻上他的唇。

于是剩下的话被淹没在彼此的唇齿之间。

她知道白虎珠的恶魂是谁。

在五个小时前，朱家的厨房里，祝深山做好了那一盘珍珠丸子端到她的面前说："刚学的，不好吃的话我再改进改进。"

辞夏始终没有动筷子，本来没有那么确定，可是看到甄宥年的那一刻她便知道了。

她问："祝深山，你为什么认识夏家的人？"

祝深山慢条斯理地给辞夏夹了一个丸子放到她面前："生意上有过交易。"

"那夏夏呢？"辞夏看着祝深山的侧脸，光影以挺立的鼻梁为界，一明一暗。

他放下筷子："在国外认识的。"

"精神病院吗？"

空气一下子凝固了，辞夏甚至能听见水一点点结冰的声音。

祝深山小的时候家教很严，因为祝安走后家里就他这么一个儿子，以后家业全部要压在他的身上，所以他父亲对他很严格，动辄就拳脚相加。辞夏见过他被吊在吊扇上，赤裸的上身全是鞭印，见过冬天他被剥掉衣服跪在撒了一地玻璃碴儿的地上。

重重压力之下，十一二岁的祝深山，在精神病院待了一个月。

一个月之后，祝深山仿佛忽然长大了，成熟睿智，完美谨慎，举手投足间都是让人无可挑剔。

那个时候辞夏才四五岁吧，记忆不是很清晰，却清楚地记得祝深山的人生里，界限分明的那一道转变。

每个人都有不幸的地方，有些人在内心的翻滚挣扎里向往着日后的幸福，而有些人把这些变成了仇恨和不甘。

祝深山属于后者，所以不一定是恶魂选择了他，其实是他选择了恶魂。

可是辞夏实在想不明白祝深山想做什么，单纯地为了恶魂和守珠人之间的恩怨的话，为什么这么多年要假装对她好？

如果是为了这一串项链最后的愿望，可是恶魂被封印了祝深山自己也死了，还有什么意义呢？

　　"不吃都浪费了。"祝深山放下筷子，说得漫不经心，"辞夏，今天下午的时候祝家的财产被封了。因为我做得不好，经营不善，我把我整个人生都搭进去了，可还是没有拦住。"他摊了摊手，"所以我这一生，都被浪费了，虽然早有准备。"

　　"所以呢？"

　　"我想走捷径。"祝深山看着她脖子上的那串项链，"辞夏，我的人生不准我出一点差错，你明白吗？"

　　辞夏忽然觉得祝深山和之前的恶魂并没有什么不一样的地方，不过那些恶魂直白得多，只是想活下去，所以拼命地想杀了她。

　　而对于祝深山来说，他本来可以很好地伪装自己做过的恶，像以前那样若无其事地活着。但是他不仅仅要活下去，他还要不出任何差错地站在制高点活下去。

　　所以祝家的失败对于他来说就好像将他从云端摔了下来，童年的记忆、自己的不甘一并被摔了出来，他必须爬上去。

　　所以他要的不仅仅是辞夏死，还有珍珠项链。

　　而且他并不觉让辞夏去舍身封魂有什么不对，反正这本身就是她的宿命，所有的守珠人都逃不开，最后会变成珠灵的宿命。

　　这是珍珠项链的阴谋，也是他的阴谋，所以从很早之前他就在等着这一天，等着辞夏死的那一天。

　　而辞夏也知道，所谓宿命，逃不开也躲不掉。

　　"那你呢？"辞夏的声音比自己想象中要平静许多，"恶魂在你身上那么久了，没办法像祝安一样还可以活着与你分离，我就算变成珠灵封了恶魂，你也活不了，你要怎么拿到这串项链？"

"这只是你以为而已。"祝深山神色平静，"只要我在恶魂从我身上离开的那一瞬间还活着的话，我的愿望就可以是长生不死或者无所不能。

"这样的话，我就有足够的时间让我这一生变得更好，又或者，让祝家东山再起。"

许多人在恶魂从自己身体里抽出的一瞬间，心里想的都是够了，这一生害人也好，被害也好，都够了。

可是他不一样，他觉得再长的一生都不够，所以他确定自己不会死。

"你想怎么做？"辞夏警惕地看着祝深山。

祝深山笑笑，看着自己的手心："想看看，由爱生恨，会不会吸引到恶魂的注意。"他脸上的笑意渐渐变得瘆人，"辞夏，你说我把你怎么样了的话，甄宥年……会不会杀了我？"

那样的话，他可以试着，将恶魂过渡到恨不得杀掉他的甄宥年身上，毕竟恶魂珠被他放进甄宥年的身体里了。

恶魂和恶魂珠，就如同人类和心脏。心脏不在他这里了，甚至在一个仇恨更甚的那个人身上，恶魂有什么理由不选择他呢？

而被恶魂寄附的人，只要有一丝实质的恨意，便会像病毒一样腐蚀所有的理智，哪怕甄宥年再爱朱辞夏，也控制不了自己。

毕竟已经不是甄宥年了，所以辞夏或许会被甄宥年亲手杀死，然后一起被封印在珍珠里，死能同穴，多好。

可是那样的话，辞夏宁愿接受作为守珠人的宿命。

　　房间里的灯光薄薄的一层，甄宥年睡着的时候眉头皱得很深，薄唇紧闭，仿佛在梦里挣扎什么。

　　辞夏看了许久，看到甄宥年的那一刻她就猜到他对祝深山做了什么。可是……怎么那么傻呢？

　　她眼神格外温柔，说：“甄宥年，我送你一个愿望吧……”

　　再醒来的时候，甄宥年身边是空的。

　　他撑着坐起来，脑袋一阵眩晕，身上所有的伤口都开始炸裂般疼痛，他看着窗外的月色，头一次觉得能让人窒息。

　　朱辞夏，心里有一个发狂的自己，叫哑了嗓子。

　　甄宥年顺着心里那道声音赶过去的时候，海面开始微微泛白，一点点金黄色的光从远处海天相接的一个点开始蔓延。

　　风平浪静，今天会是好天气，可是什么都没有了，没有风没有云，整个世界空空如也。他这才记起来，他本来就什么都没有。

　　朱辞夏是他一生等了半世的礼物。

　　他缓缓走过去，胳膊上的伤口已经没有再流血了，那是朱辞夏给他下药之后，自己为了保持清醒划上去的。

　　在朱辞夏走后的第二分钟，可是没想到还是来晚了。

　　朱辞夏最后并没有逃开宿命。

　　唯一一点大概是在没有珠灵珠和恶魂珠的情况下打开了珠界的门，把被他弄到奄奄一息的祝深山带进去只要一秒钟的时间。

而辞夏也才知道，从小时候开始，梦里出现的那一只并不是白狗，而是白虎，它一点一点撕开自己的血肉、骨骼，直至消失。

原来不是梦，是真的。

甄宥年有些绝望地闭上眼，觉得身体里面有什么正在一点一点地消失。

如果他事先没有把祝深山弄成那样的话，或许两分钟还够他拦住辞夏，所以说什么狗屁宿命，他觉得自己才是真正的刽子手。

最后只剩一声叹息，被忽然掀起的海浪打散，他说："小珍珠没了，赔我。"

月落重升，灯会再红。

甄宥年睁开眼，终于知道自己那个时候为什么会出现在玉盘镇的海边了，他捡起脚边的那一串项链，每一颗珠子都像是镀上了一层月光，珠圆柔亮。

据说珍珠项链里面藏着一个愿望，而这个愿望现在在他的手上。

……

辞夏以前说，她的愿望是想长命百岁，最好能和他一起长命百岁，如果不能百岁也没关系，那就只要和他一起。

一天也是过，一年也是过，辞夏说，我就想在活着的每一秒，都和他在一起。

……

甄宥年笑了笑，他坐下来，似乎在等日出一般，目光沉进无尽的黑夜里，那就永远在一起吧。

于是便有无数道白光，从项链的每一颗珍珠里面钻出来。

不知道过了多久，海天相接的地方泛起了一丝白，然后再是金色的阳光，宛如铺下了一条路一般打在海面上。

阳光照着金色的沙滩，海浪扑打着礁石，海滩上有什么东西在一点点地消失。

朱辞夏在海边救起甄宥年的时候，祝安说第七次了。

谁也不知道，甄宥年已经是第七次回到玉盘镇的那一个时间点了，从朱辞夏朝着他跑过来的那一瞬间，记忆归零，一切又重新开始，时间的齿轮重新开始转动。

尽管改变不了任何东西，可是我永远会在那里，陪着那个最胆小无助的你。

甄宥年缓缓睁开眼，他的小珍珠呆呆地坐在那里，像一只落水的小狗。

玉盘镇宛如一个巨大的珍珠球，缓慢地滚动着。

从那一个时刻，到这一时刻，年年岁岁，周而复始。

而我在这循环往复的时间里，永远爱你。

番外
岁月另一端的我和你

辞夏幼儿园的时候跳过级，小中大班直接从小班跳到了大班，所以十二岁的时候已经在读初二。

而他们学校升到初二就可以换到高中部的校区了。

对于辞夏来说喜忧参半，喜的是终于可以告别和小学生在一起的日子了，忧的是……祝安当时读高二。

祝安……

因为祝深山的原因辞夏见过几次，印象中他很瘦很高很冷，整个人像是一根冰棍，并且互相看不顺眼对方。

　　原因的话，辞夏思来想去只能想到是祝深山的原因了，因为祝安一个十足的兄控，见不得祝深山对她好。

　　可是祝深山就是对她好得不行，他当时大二，课业不算很重，所以大部分时间会接送辞夏上学放学，偶尔捎上祝安，所以一时之间学校谣言四起，但也没掀起多大浪。

　　辞夏毕竟低调，而且关于祝安有另外更加汹涌的龙卷风，据说是他们班的一个女生。

　　辞夏被找上门才知道她叫计绯然，是祝安的邻居。

　　但是她始终搞不清楚这之间的关系。只听祝深山稍微提过，他爸妈离婚了，他跟了爸爸，祝安跟了妈妈，但他妈妈没多久就去世了，祝深山暂时没法做主把祝安接回祝家，就在外面给他安排了住处。

　　不过计绯然跟大部分电视剧里的恶毒女二很不一样，她找辞夏只是为了向她取取经，怎么才能跟祝安互相有一腿，而不是像现在这样她单方面抱着那条腿。可是在得知辞夏跟祝安水火不容的消息之后，就放弃了。

　　但是辞夏却跟计绯然成了朋友，说起来，辞夏完全是被计绯然带坏的。

　　他们学校建在城乡交接的地方。

　　而在这个荒无人烟的地方，还有另外一所大学，据说是个军校，管理十分严格，方圆百米之内不准外人接近。

计绯然对于禁忌的东西总是蠢蠢欲动，策划了好几天，要来一场军校之旅。

她拉着辞夏翻墙的那一天，是圣诞节。

可是两人连小说里常说的那种干坏事要选在夜深人静的常识都没有，只顾着热闹。

大下午的时候跑去翻墙，结果墙头还没翻过，直接摔了进去，主要还是因为刚下完雪，两人圆圆滚滚的，路又滑。

辞夏甚至还掉进了陷阱，一个一人高的坑，而辞夏当时年龄不大，个头儿还没坑高。不过好在坑里松软，不然她可能摔断腿。

她抬头看着蹲在上边露出一颗脑袋的计绯然，心想军校是不是都是这么防患于未然的，不然总不会这么巧就被自己撞上了吧。

可是想了半天计绯然都没想到办法拉她上来，然后两人就一起被保安逮到了，保安一把将辞夏给提出来，还直接提到了教务处。

叶景茶简直叹为观止，看着自己好不容易挖好的陷阱居然没捉住狼，还被一只兔子给踩踏了，可不得气死了。

他看着旁边的人，问："年哥，怎么办？"

甄宥年这一年十六岁，被夏父安排进了这个学校读书，一方面是读书，另一方面是替夏父做事。

因为夏父当时生意对手的儿子也在这个学校，他想让甄宥年接近对方的儿子找到对方的把柄。

至于怎么跟喜欢搞事情的叶景茶扯到一起的，他也说不清。

总之经常就被叶景茶卷入莫名其妙的事情当中。比如这次叶景茶为了教训抢自己女朋友的男生，不惜挖了两个晚上的陷阱。然而，还没策划好怎么把对方引过来，陷阱就被搞坏了，而且他还没看清破坏陷阱的是谁！

更加令人怀疑是不是水逆期时，叶景茶还被人举报了，破坏学校绿化环境。在他刚问完年哥怎么办之后，学校教务处的执行教官就来了。

然后两人也被带到了教务处。

于是教务处的两间屋子里，一边站着十几岁的朱辞夏和计绯然，另外一边坐着十几岁的甄宥年和叶景茶。中间隔着一扇门，还没关，计绯然听到动静后偷偷看了好几眼。

然后她悄悄跟辞夏说："哇！军校的小哥哥好好看啊，隔壁有个特别好看的，我完了！我要坠入爱河了。"

"是吗？！"

"没怎么看清脸，但是轮廓和身材就已经很让我想入非非了！"

辞夏犹豫了一会儿，决定还是一睹绝色！于是忍着脚上的剧痛，跟着趴到门边，可是刚把脑袋伸出来，就有老师进来了，辞夏吓了一跳，往后一退，听见一声非常清晰的骨头的脆响。

"啊！"辞夏一只脚还没有准备好支撑重量，然后一屁股坐到了地上。

甄宥年和叶景茶同时看过去，只看见半个毛茸茸的脑袋，然后是半截小腿。

叶景茶愣了一会儿问："怎么会有不穿校服的女孩子，是不是校长亲戚过来选女婿的？"

甄宥年一脚踢在他身上："闭嘴。"

"是该闭闭嘴。"执行教官盯着他俩，简直恨铁不成钢，估计要被气死，呵斥道，"你俩把我办公室当澡堂了是不是，一周非得来一次？"

叶景茶个痞子还顶嘴，说："哪啊，我每天都洗澡，一周来一次我可受不了。"

他俩在固有的惩罚上被追加了一百圈负重跑。

……

辞夏在隔壁痛到发不出声了，计绯然拖着她到沙发上坐下来。她们这边进来的是个女老师，直接问："你俩隔壁学校的？"

"不是，我路边野的。"计绯然赶紧说。毕竟他们学校也有禁令，禁止来这边，她怕自己被开除就得离祝安越来越远了。

辞夏心想现在还管什么哪个学校的啊，哭号着："老师，我腿要断了，我想打电话。"

"你俩说清楚再来给我提条件。"老师相当苛刻。

可是辞夏不屈不挠："我要找我律师！"

她有个屁的律师，主要是想打电话求救，生怕待会儿还得被实施什么军事制裁。

于是，她和计绯然你一言我一句就跟骂街一样求了电话，电话一接通辞夏语气就变了，开始泣不成声，说："深……深山哥哥……"

甄宥年和叶景茶在对面站军姿面壁思过。

隔壁房间的一言一语全传过来，叶景茶忍得肩膀剧烈抽动，甄宥年踢了他一脚，皱眉看了眼隔壁，只能看到一个背影，一个小姑娘，马尾都松了，头发上还沾着一片有点眼熟的叶子。

他估计明白了什么，有点想笑。

凭什么不让我笑你可以笑，叶景茶气死了："你笑什么？"

"没什么。"

辞夏听见两道苍蝇一样的嗡嗡声，回过头，终于看到了计绯然刚刚说的人，不过两人面对着墙壁侧对着她，压根儿看不清脸。

她其实也没多大兴趣，就是图个热闹。

这会儿估计是祝深山立马打了电话过来打招呼，老师态度好了一百个点，赶紧扶着辞夏坐下来，还端茶送水。

祝深山来的时候就看见计绯然跟辞夏跟俩公主一样坐在沙发上嗑瓜子，压根儿没电话里描述的那种惨状。

祝安也来了，计绯然腾地从沙发上跳起来，然后又把自己使劲儿往沙发上一摔，说："我……腿也摔断了。"

祝安压根儿不看她，就瞪着辞夏。

辞夏无辜死了："我……也是被拐来的啊……"然后可怜兮兮地看着祝深山，"深山哥哥……"

"自己瞎跑闯进人家学校还有理了？"祝深山走过来，又有点不忍心，问，"还能走吗？"

辞夏刚想摇头，看了一眼计绯然，立马明白她的眼神，连连补充："我还好，就是绯然伤得比较重，估计要瘫痪了。"

"那我扶你。"祝深山扶起辞夏往外走。

正巧隔壁俩面壁完的学生也将去接受下一项惩罚了，甄宥年和叶景茶同时往里看了一眼。乱七八糟地挤了一屋子人，压根儿看不清谁是谁，他"喊"了一声。

计绯然恰好抬头，刚准备喊住两位小哥哥要个联系方式的时候，祝安的影子压过来，眉头拧成川字。

计绯然装疼，咬牙切齿。

祝安一言不发地背过身，计绯然没明白怎么回事，只听祝安冷冷的声音，数："一、二……"

三的时候，计绯然一瞬间跳上他的背。

祝安背起计绯然跟在后面，听计绯然细细的声音在耳边："第一次跟祝安哥哥的后背距离为零，请多关照啦……"

叶景茶和甄宥年被赶去填坑了，说起来是两人合伙，可挖是叶景茶的事，填还是他的事，他简直委屈死了。

可刚拿起铁锹的时候，却见甄宥年跳了进去，是不是个傻子？

他走过去："年哥，你干吗？"

甄宥年弯腰，枯黄的落叶层层叠叠，细碎的阳光透过树叶的间隙洒进来，照着角落里盈盈发亮，他捡起来，是一颗小珍珠。

叶景茶奇怪："什么东西？我不会是挖到宝藏了吧？"

"不知道。"甄宥年攀上来，恰好看见校门口走起路来一瘸一拐的人，说，"大概是圣诞礼物吧。"

而校门口，计绯然在祝安的背上老实得不行，看着辞夏晃来晃去的马尾，问："咦，辞夏你发绳上的珍珠呢？"

辞夏摸了一下："不知道，可能被圣诞老人拿去当礼物了吧。"

尽管改变不了任何东西，
可是我永远会在那里，
陪着那个最胆小无助的你。

小 花 阅 读

【愿望花店】系列

《鹦歌妍舞》

拾差　著

标签：妖王和舞蹈演员 | 多嘴鹦鹉 | 建国前都成精了 | 全妖族都等着妖王婆媳妇

内容简介：

人类舞蹈演员向妍，初见骆一舟时，觉得他是自己前半生见过的最好看的人。

但第二面，她就给骆一舟打上了一个"只可远观"的危险标签。

向妍归国，辗转回到家乡小镇，却发现骆一舟也在镇上诊所当医生，还被外婆撮合跟他之间的关系。

生命中出现一个骆一舟，就像是打开了一道玄幻的大门。

直到有一天，向妍发现，骆一舟是妖王，他的宠物是成了精的鹦鹉……一切开始变得不同。

《问你可以不可以》

狐桃君　著

标签：一把专属小镰刀 | 引路者大人今天也不高兴 | 没有过去 | 预知未来

内容简介：

"你打算怎么赔偿我？"傅筠来抬眼似笑非笑地看着她。

辜冬暗暗吐槽：你莫名其妙用我割草，还问我怎么赔偿？还有没有天理？我不是威风凛凛的狩猎镰刀吗？

傅筠来喷一声，苍白的嘴角微微向上扬："你本就是我的镰刀，我用你割草不行吗？不是物尽其用吗？"

辜冬呆愣愣地想：你知道我在想什么？

傅筠来抬手敲了她一记，慢条斯理地说："当然。"

辜冬崩溃：到底什么时候才会彻底恢复过来，当一把不能说话不能动的镰刀好憋屈！！！

《珍珠恋人》
山风　著

标签：一串神秘的珍珠项链 | 灵异事件 | 阴谋爱情

内容简介：

"这串珍珠项链里，有另外一个世界，叫作珠界。"

"每一颗珍珠里面同时住着珠灵和恶魂，珠灵为善，恶魂作恶，相互约束，以制平衡，同时又镇守珍珠界一方。"

身为最后一位守珠人的朱辞夏，戴着一串摘不下来的珍珠项链，在玉盘镇守着奶奶留给她的珠宝楼。
而围绕在她周围发生的一连串灵异的死伤案件，全都与那个珍珠传说有关。
被措手不及的意外压得喘不过气的生活里照进一丝光亮，是从甄宥年出现的那一刻开始。

《遇见他的那间花店》
江小鸟　著

标签：花店不卖花 | 搞不清楚自己到底是个什么妖 | 客人，这个真的不可以

内容简介：

洛浮经营着一家交易魂灵与愿望的花店，走进店里的人都有着各自的执念。
她从未想过自己的店里有一天会来一个干干净净，什么味道也没有的客人，而且客人还一口咬定，说是来相亲的！
更让她没想到的是，沐辰其实是个除妖人，根本就是为了寻灵根而来。

沐辰表示：灵根是我家的，你既然离不得它，那么，你这辈子也没办法离开我了。
洛浮：？？？

图书在版编目（ＣＩＰ）数据

珍珠恋人 / 山风著. —— 贵阳：贵州人民出版社，
2018.1
  ISBN 978-7-221-14605-2

  Ⅰ.①珍… Ⅱ.①山… Ⅲ.①长篇小说 - 中国 - 当代
Ⅳ.①I247.5

中国版本图书馆CIP数据核字(2017)第331569号

珍珠恋人

山风 / 著

出 版 人：苏 桦
出版统筹：陈继光
选题策划：大鱼文化
责任编辑：胡 洋
特约编辑：笙 歌
封面设计：刘 艳
内页设计：米 籽
特约绘制：祁 悦
出版发行：贵州人民出版社（贵阳市观山湖区会展东路SOHO办公区A座
　　　　　邮编：550081）
印　　刷：长沙鸿发印务实业有限公司（长沙黄花工业园三号 邮编410137）
开　　本：880×1230毫米 1/32
字　　数：190千字
印　　张：9.125
版　　次：2018年2月第1版
印　　次：2018年2月第1次印刷
书　　号：ISBN 978-7-221-14605-2
定　　价：32.80元

贵州人民出版社微信